U0483826

# 吉山吉水 生态吉林

盛连喜 王 蕾 主编

中国旅游出版社

# 本书编写组

**主　编**

盛连喜　王蕾

**文字作者**

刘楠　刘宁　万俊彦　周雨露

**参编人员**

王荣成　张文广　周丽君　徐明　卢艳丽

**摄影作者**

程英铁　姜义　赵俊　吉旅　郑立波
曲成军　李波　朴龙国　高鹏飞　于长馨
马端忠　陈占旭　苏楠　艾贵生　王宏
李春　姜晓东　张旭　綦梅　林野
王苹　李立　费光宇　郑嘉茗　孟凡迎
郑春生　田宇　白石　宋咏　鲁仁好
王胜杰　齐双　肖伟　李一凡　冯健男
何平　赵文清　程伯义　宋延文　李军
陈世江　陈化鑫　洪乃春　霍春光　孙凤娟
王馨平　张吉顺　逯云峰　金基浩　纪凯奇
王贵金　张连纯　陈伟强　王莅翔　张树庆
许先行　乔晗　李钟杰　宫小平　潘晟昱
刘玉忱　孙晓峰　孙铁石　闫来锁　王彬
陈敬德　王海涛　杨树青　视觉中国

# 前言

“吉祥吉地”“吉祥之林”谓之吉林，其地理位置是东经121° 38′ ~ 131° 19′，北纬40° 24′ ~ 46° 19′。北纬40° ~ 50°是公认的非常适宜人类和生物生存的“神奇”纬度带，世界著名的粮食生产基地、大牧场、葡萄酒产地、珍贵中草药产地等多分布于这个纬度带内。这一特殊的地理区位正是“吉林生态”之本，“大美吉林”之根，这是老天爷的恩赐——“自然之禀赋”！

“生态”这个科学名词，最早源自希腊文“Oikos”，意为“住所”和“栖息地”，经典生态学就是研究生物与栖息地即生物与其生活环境间相互关系的一门科学，倡导敬畏、赞赏、爱护和科学利用自然。这也正是本书的主题，故取书名为“生态吉林”。

“生态吉林”的主要特征可概括为以下四点。

↑
金灿灿的白桦林

**世界公认的原生态名片。**原生态是指日月星辰、山水草木、花鸟鱼虫展现的原本状态。“蓝天碧水密林黑土”是吉林生态的底色，是原生态的基本特征。整个吉林大地，蓝天青山、明月碧水，夜空的星星总是欢乐地闪烁。全省森林覆盖率45%以上，地级以上城市空气优良天数比例达93.4%，地表水国控断面Ⅰ～Ⅲ类水比例达86.2%，全省年均温度3～5℃、年均降水量620毫米、无霜期125～160天、年日照时数2000～3000小时，属典型的寒温带大陆性气候；全省地势东南高、西北低，气候由湿

润过渡为半干旱；与地理和气候条件相呼应，呈现出山地、森林、丘陵、平原、草原以及湖泊和湿地等生物群落的有序演变，自然景观类型齐全，可谓处处是金山银山，物物是宝贵资源。“原真”性和“绿色”资源及产品得到世界公认。

**“季相之美”是突出亮点。**一年四季各美其美，在早春，不畏寒冷的“冰凌花”在冰雪间伸展出令人惊艳的黄色花朵，其后伴随着林蛙的美丽歌声，杜鹃花也毫不示弱地绽放，昭示着春之到来；夏季的吉林是理想的避暑胜地，22℃左右的日均气温凉爽舒适，到处都是免费的大氧吧；秋季层林尽染，五彩缤纷的“彩花山”以其自然、大气和色彩斑斓令艺术家赞不绝口；冬季的吉林则是“银装素裹”，白雪覆盖在群山之上更显其特有的磅礴气势。这里的雪是特殊气候条件才能形成的六角形“粉雪”，滑雪者感觉特别舒服！冬季的冰天雪地成了“白雪换白银”的宝贵资源。“春是世外桃源，夏是避暑胜地，秋是童话世界，冬是滑雪天堂”，这是文豪们对吉林“季相美”的描述。

**景观多样是鲜明特征。**吉林的山水主要以长白山和松花江、图们江、鸭绿江及辽河流域为单元，形成了自然景观的区域特点，系统地反映了全省生态环境的内在关联以及区域经济、社会和人文历史的多样。

依据地貌类型，吉林省可划分为：东部山地区，包括长白山山地区和低山丘陵区；中西部为平原区，又分为中部台地平原区和西部低平原区。两大地貌类型既是一个有清晰演替序列的生态连续体，又是环境条件和生物群落差异明显的不同景观类型。这是吉林生物多样性的自然基础。

↑
天池美景

→
东方白鹳

吉林东部山地区海拔多在 600 ~ 1000 米以上，典型植被是针阔混交林，以森林和河流生态系统为主，矿泉水资源丰富，享誉全国的泉阳泉、农夫山泉等优质矿泉水均产自本区，是绿色林产品、中草药基地，属吉林“三江”的源头区，也是整个东北的生态屏障和生态安全保障区。

自古至今，“山水”在人们的审美中占有特殊位置，而吉林东部恰集山水之美于一体。这种美首先“奇在原真”，历经多次火山喷发形成的长白山天池以及瀑布、峡谷和周边的温泉、奇山怪石和玛尔湖群等，都是自然的鬼斧神工，真山真水，没有人工雕琢。其次是“美在宏伟”，整个长白山系巍峨阔达、延绵千里，夏季林海郁郁葱葱，深邃奥妙，有人赞道：“奇山异水尽长白，天池恍若仙境来。”最后是“贵在至尊”，即生态服务功能价值的不可或缺性，长白山天池为松花江、图们江和鸭绿江三江之源，它们的流域面积占全省总面积的近 80%，全省乃至东北的许多区域都享受着它的生态服务功能提供的各种福祉！

长白山主峰上的天池是世界最高的火山湖，也是我国最深的淡水湖。

长白山东麓，以图们江源国家森林公园为代表，原始森林茂密、山峰叠嶂起伏，溪流蜿蜒，峡谷幽深宁静；北坡除闻名世界的天池大瀑布外，高达几十米的美人松亭亭玉立，似姑娘们的比美大会而云集于二道白河镇；西坡高山苔原植物构成的天然花园、小天池的静谧幽雅，锦江大峡谷的奇峰仙境等自然之美都使游人顿生热爱和敬畏之心，激起文人墨客咏诗挥毫之情。

源于长白山北麓的松花江是我国七大水系之一，是吉林的母亲河，其上游蜿蜒曲折，形似蛟龙，经白山湖、红石湖和松花湖奔腾而下，两岸分布着水源涵养功能强大的森林、森林沼泽和沼泽湿地。长白山南麓的鸭绿江，地处暖温带季风气候区，是全亚洲单位面积水资源和水利资源最丰富的流域之一，有世界文化遗产高句丽遗址，居住着朝鲜族、满族、蒙古族和汉族等民族，有“通山达海、沿江跨国、民俗多样”之魅力。长白山主峰东麓的图们江在19世纪中叶之前，“良材巨木隐蔽天日”“有如远古洪荒”，分布有许多大型兽类和珍稀物种。如今，东北虎国家公园、图们江出海口岸、被称为“东北亚金三角”的珲春等，都是人们向往的旅游打卡地。

←
美人松

台地平原区是丘陵到低平原区的过渡带，丘陵波状起伏、台地与河谷平原相间，地带性天然植被为落叶阔叶林。区内有省会长春市，曾是中国末代皇帝的伪皇宫所在地。如今的长春不但是一座制造业之城，也是一座美丽的生态之城，现代气息浓厚，人文景观多彩多样。这里既有我国著名的第一汽车制造厂、长春电影制片厂、高铁车辆制造厂及维修基地、长光卫星中心等现代化的大工业和信息产业，也有著名的南湖公园、净月潭公园和北湖湿地等观光休闲景区。省内第二大城市吉林市也分布于此区内，这里有著名的松花湖、丰满发电厂和我国的重要化工基地。更有松花湖雾凇岛的自然奇观“吉林雾凇”，还有“动植物资源宝库”之称的拉法山及拥有绚丽秋景的红叶谷等。

低平原区属半干旱气候，自然植被以耐盐碱耐干旱的草原为代表，地形平坦、多风少雨、日照充足、草地和湿地多，是淡水鱼、畜牧业产区和绿色能源基地。有草原风光、嫩江湾等景色，“乾安泥林”则是少有的独特景观。区内的许多湖泊和湿地中，丹顶鹤、东方白鹳等水禽翩翩起舞，翱翔天空。这里的查干湖鱼类味道鲜美，冬季传统捕鱼方式每年都吸引着国内外的大批观赏者，实现了旅游业与生态环境保护相得益彰的结合。

中西部平原区是世界玉米黄金带的一部分，最宝贵的生态资源首属土地中的大熊猫——黑土地，有农业集约化和机械化水平高的松源灌区等许多大型灌区。全国 10 大产粮县有 5 个集中于此，是我国粮食安全的压仓之一。

水是风景之血脉，是生态安全的重要保障。松花江、鸭绿江、图们江以及辽河水系，加之全省大水网建设，实现了水资源空间分布的相对均衡，支撑着各区域不同生态景观的美美与共。

**生物资源丰富珍贵。**吉林省有野生生物种类 8000 余种，高等植物 2200 多种，野生动物 496 种，昆虫类 4000 余种。属国家一级保护的野生动植物有 147 种，占全国的 14.55%，是我国温带地区国家级重点保护植物最多的省份之一。全省森林最具代表性的植被类型是红松针阔混交林，也是著名硬阔叶树种水曲柳、胡桃楸和黄波罗的重要产区。

↑
家园

被联合国确定为珍稀保护树种的红松，集挺拔高大于一身，被称为“北国宝树”，果实“松子”粒大味美，有“长寿果”之美誉；人参以形态似人、有自然野生之灵气和强体安神等药效而得百草之王的美名。质量上乘、采参历史悠久和参文化厚重的抚松县有“人参之乡”的殊荣。西部低平原区内营养丰富适口性好的牧草类植物 600 余种。

吉林脊椎动物中最著名的东北虎、东北豹，是森林生态系统的关键物种和生态关系调节者；369 种鸟类中属国家Ⅰ级、Ⅱ级重点保护的有 57 种，以水禽丹顶鹤、白鹤、东方白鹳、绿头鸭等名气最大。

4000 余种的无脊椎动物和近千种真菌，是生态系统能量流动和物质循环的重要维系者。而许多真菌因味美且营养价值高而备受青睐，如松茸蘑、玉黄蘑等。

一方水土养育一方人。自然生态环境的复杂多样孕育了吉林人与自然和谐共生的理念；四季鲜明的气候条件养成了吉林人豪放大气、热情好客的性格；景观多样性为根基的生态韧性，培育了吉林人淳朴坦诚，勤劳勇敢的质朴民风；多民族文化的交流互鉴，聚合成了同心协力谋发展的氛围。这也是生态吉林、大美吉林的写照！

《吉山吉水·生态吉林》的顺利出版是在吉林省文化和旅游厅直接指导和支持下，省内外专家学者、云享自然团队的精诚合作，中国旅游出版社的精心策划下完成的。限于作者水平，书中有许多不尽如人意之处，敬请读者多多指教！

盛连喜

2024 年于长春市

# 目录

## 020 东北屋脊

### ——长白山脉

# 东北屋脊
## ——长白山脉

“吉山吉水、生态吉林”，这山就是长白山脉，一座代表东北白山黑水，又是大清龙兴之地的生态和文化神山。

作为休眠火山的长白山脉蕴藏无穷的活力：一座“睡眠”中的活火山，醒来时必定惊天动地，恰如拿破仑说的“东方睡狮”。但对游客来说，长白山现在只以美颜示人，能够感受到的只是各种季节推陈出新的美丽：不必说冬天的长白，也不必说夏天的泛绿，单单夏秋换季时的装扮，就像打翻了调色盘。季节催动下，丰富的植被换上任何艺术家都无法配制出的深深浅浅的绿色、黄色、红色、紫色在大地上次第交错、镶嵌、翻滚，日日更迭变幻其带来的强烈视觉冲击，阔叶与针叶植被带和动植物群落伴随着海拔起伏，用丰富而又差异化的温度、湿度和嗅觉、视觉、听觉等感官体验犒赏每一个跋山涉水的抵达者。

长白山脉的价值，并非其内心的火热和外表的秀美所能概括。作为欧亚大陆东缘的最高山系，长白山脉正是生态吉林的核心：一个民族、一个王朝的发祥地，上亿东北人民的水源地，东亚大陆的生态安全屏障，具有

↓
5月天池古语

全球意义的珍稀动植物家园，世界级的自然奇观和文化遗产荟萃地。要深入了解这座东北亚第一神山，必须讲述它的历史渊源、生态价值和多元文化。

不咸之山与长白之山。《山海经》记载：东北海之外，大荒之中，有山，名曰不咸。《魏书·勿吉国传》记载：勿吉国国南有徒太山，魏言太白;《新唐书》载：粟末部居最南，抵太白山，亦曰徒太山。《金史·世纪》记载：生女真地有混同江、长白山，混同江亦号黑龙江，所谓白山、黑水是也。长白山之名始于金代，一直沿用至今。

龙兴之地，王气所钟。长白山历史文化源远流长，这里先后聚集了肃慎、靺鞨、朝鲜、女真、满、汉等多个民族，各民族在长白山演绎了波澜壮阔、多姿多彩的文化历史。在众多民族中，长白山作为满族的发祥地，被奉为龙兴之地，同中原五岳一样享受皇家帝王封禅朝拜。满族人将盛世启运肇于白山，将长白山奉为神明尊崇，岁时奉祀。长白山作为满族的故乡，是满族文化传承发展的文化摇篮。在闯关东这一历史背景下，随着多民族文化的融入，现今的长白山形成了民族文化大交流、大融合的繁荣景象。

白山黑水，浴火而生。位于欧亚大陆东端的长白山是大自然造就的杰作，在亿万年的地质历史中，长白山经多次火山爆发，形成了火山锥体地貌景观；再经冰蚀、水蚀、风蚀等其他地质作用，雕琢出了“神山圣水”的自然奇迹。作为一座休眠 300 多年的活火山，典型的火山成岩和地貌演替仍然留存于此，如同地球的骨骼。

神山秀岳，孕育生灵。这座东北亚的神山，从古至今一直是诸多民族的物质家园和精神源头。我国早在 1960 年就将其划为自然保护区，1979 年成为联合国人与生物圈保护区。联合国教科文组织普尔教授曾这样评价长白山：“像长白山这样保存完好的森林生态系统，在世界上是少有的。它不仅是中国人民的宝贵财富，也是世界人民的宝贵财富。”长白山脉作为东北亚有举足轻重战略地位的兵家必争之地，作为东北三江源的生态安全屏障，作为濒危物种的家园、天然的自然博物馆、物种基因库，繁衍栖

↑
银装素裹长白山

息着 1586 种野生动物和 2639 种野生植物[①]，其中有东北虎、金钱豹、梅花鹿、紫貂、黑鹳、金雕、白肩雕、中华秋沙鸭等国家一级保护动物，以及人参、东北红豆杉、瓶尔小草等国家一级保护植物。

东北屋脊，哺育三江。长白山脉是东北亚大陆的地理标志，在中国吉林省东南部和朝鲜东北部绵延 1300 公里，北起乌苏里江畔的完达山，南抵渤海之滨千山余脉的老铁山，是欧亚大陆东缘的最高山系，东北大地上的制高点。这条庞大的山系盘踞在东北地区的东面，与西部的大兴安岭、北部的小兴安岭一同构成包围东北的马蹄形城墙，孕育东北众多的江河。图们江、鸭绿江在此奔流而出，成为东北东面的“护城河”。松花江串联东北 70% 的土地，以及吉林境内 80% 的湖泊，它与嫩江在吉林西北部相

① 数据来源于“长白山发布”公众号：
https://mp.weixin.qq.com/s/NXe4tG6PfuYVk2mFMZlvpA

↑
白雪皑皑的长白山

↑
锦绣长白山川

遇时，多条支流向心汇聚而来，使得这一带泡沼遍地，成为全国湖泊密度最高的地区之一，形成了名副其实的“东北水乡”。

冰火共存，壮美景观。在这里火山地貌与冰川遗迹共生同存，空中花园与莽莽丛林刚柔相济，灵秀与雄奇、蛮荒与恬适、巍峨与绮丽完美地融合在一起。

神秘色彩的天池、北极风格的苔原、原始的岳桦林、咆哮的长白山瀑布、烟雾袅袅的温泉池、原始苍翠的红松林、大面积的温带森林林海、幽静的沼泽湿地、深邃的峡谷和永不缺席的冰雪风光，山间的生灵寻得一方家园，让这山河生动无比，是为点睛之笔。

行驶在环长白山公路上，曲折环绕，伴着冷却的岩浆痕迹，透过层层叠叠的林海，远望巨大而典型的长白山火山锥。

如果你是一位愿意深度游的客人，在了解完长白山脉的历史渊源、生态科学和多元文化概况后，我们倾情推荐以下 16 个看点，保证让你一年四季都能不虚此行。

# 01

## 一山分四季·十里不同天

长白山所在区域是典型的温带大陆季风性气候，夏季短暂温凉，冬季漫长寒冷。得益于分明的四季特征，长白山地区拥有我国乃至东北亚温带地区谱系最多的山地垂直自然带系统，是我国北方目前面积最大、自然环境和生态系统保存最为完整的森林生态系统保护区之一。长白山北坡拥有完整的植被垂直分布带：针阔混交林带、针叶林带、岳桦林带、高山苔原带四个植被垂直带风格迥异、特色鲜明，形成了从温带到极地、壮丽独特的景观带。从山脚到山巅、从温暖到严寒，不同的海拔美景各异，有道是“一山分四季，十里不同天”。

**700 ~ 1100 米：针阔混交林带**

在针阔混交林带上首先映入眼帘的是红松群落。长白山脚地势相对平缓、温和湿润，以红松为代表的针阔混交林带生长于玄武岩台地上，宛如一曲以红松为主调，由其他树木共同谱写的交响乐章。针阔混交林带是长白山面积最广、生物种类最丰富的区域，由常绿针叶树和落叶阔叶树组成的茂密的森林吸引着包括松鼠、梅花鹿、狍子在内的小动物们来这里安家。高大的红松是长白山森林系统中的顶级群落，为小动物们提供了可供藏身的洞穴和筑巢的枝丫以及丰富的食物。

↑
随海拔升高，长白山地区植被呈现明显的垂直分布，“一山分四季，十里不同天”

↑
长白山红松树林秋色

↑
长白山区域海拔 500 米以下以阔叶林为主

↓ →
长白山猪牙花

受季风影响，长白山地区雨量充沛。在高大的乔木下，低矮的灌木丛与茂密的草本植物组建形成了庞大的王国。早春时节，落叶阔叶树的新叶尚未萌发，林下有着充足的阳光；一年中 2/3 的时间都默默在地底下休眠存储能量的“短命”植物，只等着此时完成开花、授粉、结果的使命。蓝紫色的鲜黄连从满地枯叶中伸出轻薄的花瓣，大片的猪牙花、深山毛茛、多被银莲花、黑水银莲花形成了灿烂的林下花海。

**1100 ~ 1700 米：针叶林带**

随着海拔升高，气候逐渐变得湿冷，不耐寒的阔叶树不再前进，在倾斜玄武岩高原上，较厚的角质层给了针叶林生存的底气，云杉、冷杉、红松等占据了竞争优势。树高林密的树林里非常潮湿，打造了一片“苔藓世界”，几乎整个地面层都被苔藓植物覆盖，苔藓与杉树相伴，让林带内充满了生命的律动。

↑
长白山区域海拔 1100 ~ 1700 米为针叶林带

### 1700 ～ 2100 米：岳桦林带

一般在垂直分布的高山植物带中，针叶林位于森林最高层，但长白山与众不同之处在于针叶林之上还有低矮的岳桦林带，它们独自成林，构成了长白山的林线。

岳桦林带位于长白山森林垂直景观带的高层，秋季，金黄色的岳桦林镶嵌在绿色的针叶林带和红色的苔原带之间，成为针叶林向高山冻原过渡的纽带，构筑形成一道重要的生态防线。岳桦林地处长白山火山锥体下部，这里火山碎屑堆积，生态环境脆弱，岳桦林紧紧抓牢地表土层，发挥着保持水土、涵养水源的重要作用，同时林下为耐寒和耐阴喜湿的植物以及其他生物提供庇护与生存的空间。

↑
长白山海拔 1700 ～ 2100 米为岳桦林带

岳桦枝干扭曲，好似群魔乱舞，十分怪异，但作为典型的北极圈内的寒带植物，适应力极强，可以在强风、暴雪、土层薄弱的恶劣环境中生长。只有 2 个月生长期的岳桦拥有强大的根系，匍匐而长，吸取每一点养分进行生长和繁衍；枝干低矮以躲避大风，枝干弯曲以顺应风向。

岳桦拥有特殊的自然更新方式，老朽的大树腐烂中空，岳桦苗会在老树干内部生根发芽，这种内生根的方式好像让老树重焕生机，或在枯木倒下后留下的朽木桩上，种子萌发出幼苗或根部萌发出树芽嫩枝。

岳桦树生长得十分缓慢，一棵看起来只有手腕粗的岳桦，往往已有十几岁甚至几十岁，但其密度和硬度已远远超过其他树种，成龄的岳桦木坚如磐石，在水中无法漂浮，入水即沉。

↑
长白山海拔 1700 ~ 2100 米岳桦树上长出冷杉树

↑
牛皮杜鹃

2100 米以上：高山苔原带

在海拔 2100 米以上，高大的乔木已经消失，仅剩下矮小的灌木以及垫状多年生的草本植物。分布在长白山火山锥体中上部的高山苔原植物环绕着神秘的天池，这些高山苔原植物经受着高海拔、强紫外线、严寒气候、贫瘠土壤的生存考验，展现出顽强的生命力。

花朵硕大的牛皮杜鹃，黄色、轻盈的花瓣与厚实的叶片形成反差，正是它的生存之道。这里的植物与严酷的自然环境博弈：植株变得矮小、匍匐贴地以防范强风；叶片变得厚实或长有白色绒毛，根系变得强壮并依靠在一起形成密集而松软的垫状以抵御严寒；在短暂而温暖的生长季快速迸发勃勃生机，完成开花结果、繁衍后代。

冰雪逐渐消融之时也是花海到来之际，绚丽烂漫的花朵遍布延伸至天际的苔原，形成了一道独特的自然景观。

02

# 雪山之巅的冰与火之歌
# ——长白山天池

由于长白山脉独特的火山构造，长白山地区生态系统经历了多次的死生转化。火山的大规模喷发的熔岩不断破坏完美的锥形山体，形成了16座高峰环绕的盆状大坑，蓄水成湖，所形成的天池孕育了东北的三江源——松花江、图们江、鸭绿江。天池作为长白山的名片之一，所体现的典型火山地貌也使其成为长白山的景观代名词。

**山巅瑶池**

处在雪山之巅的天池如同一块深蓝色的宝石镶嵌在巍巍群山间，光洁的湖面就像被打磨雕琢过的镜面，纯净而无瑕，是整个长白山最夺目，也是最神秘的部分。

长期以来，天池有着太多难以逾越的记录：世界上海拔最高的火山湖、中国最深的湖泊、中国最大的火山口湖……而那条从天池倾泻而下的长白山瀑布，则是世界上落差最大的火山湖瀑布。

面积只有将近10平方公里的天池，虽然与那些几百平方公里的大湖是无法相提并论的，但这里平均水深有204米，最深处竟达373米，储

↓
长白山天池之春

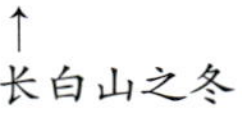

↑
长白山之冬

↑
轻纱漫舞长白山

水量达2亿立方米[①]，远超平原上的一些大型湖泊。这种深度特别大的情况，正是漏斗形火山湖的一个独特之处。

远赴长白惊鸿宴，一睹瑶池盛世颜。但想要一睹天池的风采，可没那么容易。天池口的海拔在2000米以上，一年长达250多天的雾雨天气，长达9个月都处在冰封状态下，每年7月，天池迅速融化，盛夏季节，风雨不定，变化频繁，常年处于云雾笼罩之中。

通往天池的道路陡峭无比，迫使公路不得不盘旋而上，10.2公里的路却有多达129个弯，宛如登天，令人望而生畏。蜿蜒的道路使许多人败兴而归，若能一览无余天池的全貌，那真是幸运至极。

火之歌

天池是几十万年的地质运动的见证，火山的喷发造就了巨大的火山口湖。全新世以来，天池火山至少有两次大规模喷发，正是这两次喷发使天池颇具规模。其中一次发生在宋朝年间，946年冬天的“千年大喷发”，规模达7级左右，这是全球近2000年来最大的一次喷发事件，当时喷出的火山灰降落到日本海，远至日本北海道。这次的火山爆发喷射出的大量熔岩让火山口形成盆状，积水成湖，便成了天池。以此判定，长白山天池的年龄为1000多年。明清时期，天池火山发生过爆发式喷发，火山喷出物堆积在喷火口形成高耸的锥状山体。清朝之后，天池火山就没再喷发，目前天池依旧处于休眠状态。

天之水

据古书记载，长白山天池湖底曾有温泉活动，天池在补天石附近的湖底会冒出热水，湖水一边冷如冰海，一边热如汤泉，所以古时候长白山天池又被称作温凉泊。就天池水体的来源而言，除了雨雪的补给之外，并没有其他明显的补给方式，与此同时，天池水通

---

① 数据来源于吉林地震局

过北侧的出水口不断流出。那么天池2亿立方米的水体总量到底来自哪里？这一现象的成因众说纷纭：有说天池有特殊通道，也有说天池下有暗河与海底联通，还有说天池的水来自青藏高原。实际上，天池水应该来自大气降水的补给。

在大气循环里，水分在火山口累计蓄积，最终呈现湖泽形态，大约需要12年，这时水量的补给和排放达成平衡。天池已经存在1000多年了，虽然无法得知具体时间，但1908年对长白山的第一次正式考察便有天池的记载。天池本身是由像海绵一样的碎屑岩组成，是非常好的储水层，在其内部储存了相当多的水；此外长白山地区广泛存在着一层冻土层，得益于永久性冻土层的加持，就像隔水层一样让天池能够蓄存。

简而言之，天池火山经历了多次喷发，导致火山口不断扩大，越来越多的雪水、雨水在这里聚集，终于形成了这个最高最深的火山湖。

### 天池的待解谜团

天池常年雾气缭绕，周围山峰都是不毛之地。自古长白山就被东北各民族视为一座仙山、神山，相当神秘莫测。几千年来，不少神话故事都以长白山和天池作为发生地。

位于长白山天池的东边的天女浴躬池流传着与“天命玄鸟，降而生商”异曲同工的传说。据传，天上三天女中的三妹佛库伦在该池沐浴，吞朱果后怀孕，生下一男孩，相貌异常，生而能言，名布库里雍顺，被尊为爱新觉罗家族的始祖。这也是长白山被称作清龙关之地的原因。

除此之外，天池水怪更是为天池增添了几分奇幻色彩。作为我国最负盛名的未确认生物之一，天池水怪最早的记载源于清代的地方志，后目击记录众多。水怪也许是生活在天池中一种未知鱼类或在水中生活的哺乳动物，也有水獭假说，对于水怪的猜测有许多，但目前仍是自然科学之谜。

### 天池十六峰

长白山脉群峰耸立，形态万千，或云雾遮掩，或苍茫劲力，但要论知名度，当数环绕天池四周，海拔超过2500米的天池十六峰。1908年，

清代学者刘建封率众人第一次全面科学地踏查长白山，将天池十六峰命名为白云峰、玉柱峰、白头峰（将军峰）、华盖峰、天豁峰、龙门峰、三奇峰、紫霞峰、芝盘峰、锦屏峰等。

↓
华盖峰

↓
天豁峰

↑
龙门峰

↑
芝盘峰

↑
云涌天池

→
春漫天池

→
俯瞰长白山天池

看罢归来回首顾，白云依旧白云封。十六峰之首的白云峰气势磅礴，笼罩在缥缈的云雾中，一年难得露上几次真容，层层堆叠的淡黄色火山浮岩若隐若现，是远古时期的纹理。若有机会见此峰真容，实为莫大的荣幸。

坐落在天池北偏东的华盖峰，是长白山的第三高峰，峰端尖锐，似雄鹰衔子，也称鹰嘴峰。又因在其附近建有天池气象站，现又称为天文峰。这里是观赏天池全景的最佳地点，云开雾散的时候，天池碧绿，湖光岚

影，远眺茫茫林海。如登泰山之顶，黄山之莲花峰，犹置身天外。

紧邻白云峰的芝盘峰即使是在冬天也很少有积雪，由四座小山峰组成的峰顶，草甸夹藏其间，形如圆盘，草甸中生长着众多的灵芝草，故名芝盘峰。

天池西北侧的天豁峰和龙门峰的中间有一个大缺口，池水便从此处流出，所形成的瀑布孕育了大江的生命，松花江、图们江、鸭绿江皆发源于天池附近。

# 03

# 飞流直下的三江之源
# ——长白山瀑布

因特殊的地形与气候特点，东北地区瀑布较为罕见。幸运的是，长白山地势险峻，水资源丰富，大自然的鬼斧神工在这里造就了多道壮阔的瀑布，长白山瀑布更是东北地区最大的瀑布群。

长白山脚下，穿行在长长的桦树林带里，哗哗的流水声越发清晰，十几里外可闻咆哮声，势如万马奔腾。抬眼望去，68 米高的银白瀑布，从悬崖峭壁上飞流直下，水雾腾腾，犹如浓浓云烟，似锦缎从天掉落，在阳光的照耀下非常耀眼。穿过聚龙温泉，走到它的面前，响声震耳欲聋，这便是长白山瀑布。

天池的水流飞泻而下，随着水流不断地冲刷、侵蚀，河床不断下切、扩大，形成了一条经久不衰的河流，这便是乘槎河。在平缓的地势悠然流淌了约 600 米后，紧接着地势突然向北陡斜，轻缓的河水开始奔腾、咆哮，一副桀骜不驯的架势，在距天池约 1250 米的地方经伏牛石巨石分成一大一小的两股，从悬崖一跃而成 68 米高的瀑布，又合二为一，直冲幽谷，恰似两条交织的玉龙从天而降。十几丈的水汽飞溅而出，弥漫如雾，仿佛“银河落下千堆雪，瀑布飞流万缕烟”。谷底则是深约 20 米的水潭，

↑
夏季瀑布

↑
冬季瀑布

即二道白河——这便是松花江的正源。松花江流经吉林 70% 的土地，串联起吉林 80% 的湖泊，是吉林毋庸置疑的母亲河。

图们江发源于长白山东麓，注入日本海；鸭绿江发源于长白山南麓，奔涌向西，最终汇入黄海。天池在长达九个月的时间都在结冰，被冰雪覆盖，但唯一的出水口长白山瀑布常年奔流，四季不绝，汇集至谷底水潭，在山间流淌中不断容纳更多的溪流源泉，穿过密布的森林，奔流下山之时已成江河。松花江、鸭绿江、图们江犹如血脉伸向吉林大地的四肢躯干，三江两岸，在奔流的江水滋润下，土地肥沃，万物生发。

04

# 聚龙温泉旁的“草王”
# ——温泉瓶尔小草

严冬时期的长白山，万物被冰雪覆盖，所见之处都是皑皑白色，但在一些泉眼处你依然会看见泉水在汩汩冒出，烟雾袅袅。尤其是在长白山瀑布北侧 900 米的地方，在落笔峰北的倒石堆下侧，极为热闹；有一处面积达 1000 多平方米的温泉群，无数条热流终日不断地从岩石缝隙中向外喷吐着热水，似群龙喷水，故名聚龙泉，常年热气蒸腾，水雾缭绕。这里是长白山温泉群中水量最大，分布最广，水温最高的温泉，堪称长白山第一泉。

**冰雪笼罩下的热浪**

长白山是中国危险系数最高的火山之一，地下始终有股人类无法掌控的力量。长白山火山的活动具有周期性，休眠期主要是岩浆补给，活跃期是岩浆的释放，即火山喷发，类似于放电过程，会持续几天、几周、几个月甚至几年。

长白山火山爆发时，地球内部大量熔融的岩浆喷出地面，毁天灭地。目前，长白山处于休眠期，但火山的力量仍未停歇，聚龙泉水滚烫的力量正是地下深处炙热的岩浆，那些没有冲出地表的岩浆，热量逐渐散到地层里，大气降水渗入到地表后，被岩浆的余热逐渐加热，二氧化碳等气体受热膨胀，使岩层下的压力越来越高，地下热水在承受巨大压力后，沿着地壳裂缝溢出

↑
聚龙温泉

↑
聚龙温泉群

地表，形成了温泉。聚龙温泉是由几十处地热构成的温泉群，分布面积1000多平方米，温泉的各处出口大小不一，冒着蒸汽的水流不断从泉口涌出。

**色彩斑斓的地表**

长白山温泉属于高热温泉，大多在60℃以上，最热的泉眼可以达到82℃，放入鸡蛋，顷刻即熟，蛋黄凝固，蛋白却不凝固，且有矿泉水的清香气味。但最吸引人的还是如同调色板的岩石，这是温泉地区重要的表现特点，对科学家来说，这里更是监测火山活动的野外采样点。

来自地表深处的温泉水中含有大量的铜、铁、镁、锰等矿物离子，温泉水溢出后，这些矿物离子在地表层沉积、凝聚，形成了矿化层，并把周围的青灰色火山岩染上一层层红褐、翠绿、幽紫、金黄的颜色。二道白河从温泉中间穿插而过，经流水浸润过的岩石美不胜收，形成独特的地质景观。

**了不起的小草**

在这种极端环境中，生物很难存活，但是有一种了不起的小草喜欢生长在热气蒸腾的温泉边，而且仅生长于长白山国家级自然保护区北坡

↑
温泉瓶尔小草

海拔 1750 ~ 1800 米的聚龙温泉附近，那就是温泉瓶尔小草。这是一种耐高温的珍稀蕨类植物，是第三纪甚至更古老的孑遗植物，整个种群不足三百株，繁衍极其困难，濒临灭绝的小草被列为国家二级保护植物。

温泉瓶尔小草，又称狭叶瓶尔小草，植株纤小，通常单生一叶，又被称为一叶草。其实称其为一叶草也并不准确，蕨类植物通过孢子传播，一种宽而长的绿叶，能进行光合作用，制造营养，称为营养叶，另一种叶呈棒状，外表的孢子囊产生孢子，称为孢子叶。两种叶子各司其职，使温泉瓶尔小草能够紧紧地扎根于长白山这片大地。

温泉瓶尔小草有着“草王”之称，生活在温泉周边，吸收温泉的药效，具有清热解毒、活血化瘀的功效。茫茫林海中毒蛇十分常见，温泉瓶尔小草具有解蛇毒的功能，常在山中的老人介绍的蛇毒解毒方法中就有“将全草洗净，生嚼咽汁，留渣吐出，乘温敷伤口”一说。

05

## 天然“直饮”冰水泉

长白山的神奇之处在于，既有 82℃的聚龙温泉，也有常年保持 7℃的冰水泉。在长白山峡谷浮石林深处，泉水叮咚作响，泉群集中，纯净无瑕，清澈透明，这便是被称为“长白山下第一泉”的冰水泉。

**苍山负雪·水的宫殿**

长白山、阿尔卑斯山、高加索山是世界公认的三大黄金水源地之一。长白山距离海洋仅100多公里，来自西北太平洋和西伯利亚的两股气流在被长白山山体抬升后于空中相遇，形成充沛的降水降雪，海上源源不断的水汽让这里格外湿润，平均每年可以迎来1000毫米的降水，山顶更是高达1300毫米之多，一点也不逊色于江南地区。

**长白山下第一泉——冰水泉**

长白山地处北纬42°，加之较高的海拔，水汽快速冻结，形成细小如粉末的雪花，一场场大雪能够持续长达半年以上的时间，直到来年春天，积雪融化成水，渗入布满气孔和缝隙的火山玄武岩。在岩层中经历30～60年的深层溶滤、矿化后，积雪融水缓慢溶解岩层的矿物元素，尤其是玄武岩所富含的硅元素。当水量富集到一定程度后，大量汇聚的地下潜流由水平运动变为垂直向上运动，在高温、高压和岩石的挤压下，沿着岩石孔洞裂隙上升，在岩层较薄弱处夺地而出，涌出地表，成为清冽、绵柔的自涌泉。得益于长白山特殊的地层环境，这里的天然泉水在温度方面也极其特殊。由于长白山地区的地热较深，二氧化碳与地下水在高温、高压条件下形成吸热反应，使得在这一高热火山地区形成了极其少见的珍贵低温冷矿泉。

冰水泉是长白山三道白河的发源地，是二道白河地区主要饮用水水源地，据权威专家对冰水泉的水质进行检测，泉水里含有锶、锂、硒、锌、碘化物、偏硅酸等多种对人体有益的矿物质微量元素。

**轻漂于水的浮石**

冰水泉所处的峡谷浮石林发源于长白山梯云峰西侧，距天池火山口19公里，这一条约5000米长，40米深的大峡谷得名于这里独特的石头——“浮石”。石头总给人厚实、沉稳之感，但这种石头竟能轻飘地浮在水面上，无论石块多大都会浮于水面，不沉底。究其原因，这种石头是长白山火山爆发时所形成的，玄武岩浆喷出地面压力急剧减小，原来在岩浆内部溶解的气体迅速膨胀逸出，冷凝后表面布满蜂窝状的孔洞，孔中布满空气，密度很小，因此得名“浮石”。

**火山运动的馈赠**

观奇峰怪石，品长白甘泉。集奇峰、瀑布、怪石、暗河、涌泉、绿树、奇花、异草于一体，集原始美、生态美、自然美于一身的浮石林是火山运动的馈赠。

946 年的“千年大喷发”所产生的致命的火山碎屑流覆盖了以天池火山口为圆心、方圆 50 ~ 70 公里的范围，摧毁了原始森林，也将这里的峡谷填满，由于峡谷距火山口的直线距离是 19 公里，喷出的碎屑流温度由 1000℃降到 600 ~ 700℃，碎屑流的凝固性大大降低。历经 800 多年的雨水冲刷，部分火山碎屑物被冲走，坚硬的碎屑物被留下，形成了现今峡谷浮石林的奇特景观，既有粗犷的阳刚之美，又兼幽雅的阴柔之秀，嵯峨雄伟，令人叹为观止。

↑
浮石林

06

# 绝无仅有的漂流体验
# ——长白山魔界

在长白山北麓，二道白河镇红丰村，有一处被摄影玩家称为“魔界”的地方。“魔界”之名自带魔幻色彩，因为这里常年不结冰，每到冬季，满树的雾凇将这里变为名副其实的魔幻仙境。

**如魔如幻的雾凇奇观**

长白山流泻而下的温泉水在这里汇集，一条叫作奶头河的小河蜿蜒流淌，河流被层层树林包围着。每到冬季，当气温达到 -20℃时，地表已冰封万里，但地热和小电站的存在让这片水域常年不结冰，日夜蒸发着茫茫的水汽。此外，由于河道的下游还建有一个拦水坝，流经红丰村的河水骤然变宽，导致大批树木被淹，天长日久之后，那些树木最终在水中死亡。

日出时分，河面雾气蒸腾，虽死去多年却依然挣扎挺立的枯树，形状怪异，矮小的灌木四方张扬，在浓浓的雾霭中若隐若现，雾凇也在此时呈现出最佳的面貌，挂满枝头。水面的枯树、岸边的雾凇、喷薄而出的红日和蒸腾缥缈的雾气交融在一起，构成被天地偏爱的魔界风光。待到日上三竿，气温逐渐升高，水面的雾气渐渐消散，宁静的奶头河也展露出全貌。每年冬季的 11 月到次年 2 月，日出和日落时分，当晨曦与晚霞洒在奶头河上，是摄影师们捕捉这人间奇景的最佳时刻。

↑
长白山冬季漂流

**在雾凇中和雪花一起漂流**

在零下的温度中依然潺潺流动的奶头河，流动的河水加快了水分蒸发，使得水面上雾气蒸腾。冬季，在晶莹剔透的冰雪世界中，在雾气蒸腾的缓流中，顺着河流前进的方向与速度，可以欣赏岸边林中独特的雾凇奇观。有别于夏日漂流的激流浪涌，冬天的“漂流”相对更为缓慢，更有诗意得多，可以感受到“人在画中游”的绝美意境。

当第一缕阳光穿透长白山脚下的薄雾，踏上一场充满奇幻色彩的魔界漂流之旅。这不仅是一次对未知的探索，更是与大自然对话的心灵旅程。橡皮艇缓缓驶离岸边，向着被雾凇装点的森林深处前进。穿梭在缓缓流淌的河水中，两岸的冬日美景如画卷般展开，银装素裹的雾凇与雾气蒸腾的缓流使人仿佛置身于一个神秘的魔幻世界。隔绝了尘世的喧嚣，心灵与自然共鸣，找寻久违的宁静，体会与自然和谐共处的意义。

**千年神树的自然崇拜**

除了出片的雾凇景观之外，形态各异的红松、桦树、黄波罗、椴树和榆树等树种在此安家。白桦树树干在日光下闪着亮光，在整个森林里非常耀

↑
长白山魔界

↑
两岸有雾凇的漂流

眼。树木们自由生长，争取自己的阳光天地。树干和树枝肆意张扬，浓密的树叶遮挡着天空，展示着自己的风采；除此之外也能见证树干紧紧相偎在一起，合为一树的“黄椴之恋”。

树林中还有一棵巨大高耸的红松，得三人合抱才能围过来，在风中挺立，守护着这片土地，被誉为“千年神树”。许多来此祈愿的民众不仅会烧香祷告，还常常会在树干上系上红布条，每到过节就来祭拜，用红绸子将树干包裹起来，许愿祈福的人们在树下拴上红丝带和铜锁，祈求树神保佑人们风调雨顺，五谷丰登。神树旁的七星泉即便是在冬日也有清澈的泉水缓缓冒出，七处涌泉呈北斗七星状分布，是当地山民祭拜河神之处。

长期在白山松水之间生活的先民相信万物有灵——自然界的风云雷电、雨雪霜华，草木鱼虫、飞鸟走兽无一不有神在，人们通过对太阳、山川、河流以及树木等的崇拜，表达着对自然的无限敬畏和对生命与生活的美好希冀。

07

## 抗癌植物红豆杉的乐园——长白山大峡谷

长白山有诸多神秘之处，人们难以完全探索。长白山大峡谷地处长白山天池西坡，位于天池西南 20 余公里，又被称为锦江大峡谷，被誉为“火山天然熔岩盆景园”。峡谷上端与天池的梯云峰、冠冕峰下的水系相连。

**三十年前的意外发现**

大峡谷的发现要回溯到30年前。1987年7月，长白山遭受了一次大风的袭击，在这次风灾中，几千公顷的森林遭到了不同程度的破坏。大风过后，为了调查林木的受损情况，一支长白山森林考察小分队进入了深山。就是这支小分队，在进行森林考察的同时，意外地发现了一条鲜为人知的大峡谷，这就是后来被称为长白山大峡谷或是锦江大峡谷的长白山又一新景观。

**冰与火的碰撞**

河流峡谷一般呈V形，谷底窄，谷坡比较陡。而长白山大峡谷是典型的冰川峡谷，谷底宽，呈U形，这里曾经发生过较大规模的冰川活动。这条峡谷是火山爆发时期形成的地裂带，火山爆发后熔岩表面被江水和雨水冲刷形成，是国内规模最大的火山岩区峡谷地貌，其特殊位置和地貌景观相当罕见，在国内外独树一帜。

峡谷大约有70公里长，最宽的地方有300多米，而最窄处只有几米，谷坡70°～80°，平均深80多米，有的地方是垂直陡峭达150米，极难下到谷底。谷底有一溪流，是锦江的上源，天池水经巨大高差向下流蚀；梯云峰下的北锦江、梯子河，冠冕峰下的南锦江等从天池流出穿过谷底，加上天池雨雪侵蚀，上千年形成的巨大力量切割出雄伟壮丽的峡谷，至今仍在扩大变化。

走在峡谷旁边的栈道上，顺着峡谷望去，峡谷两侧的谷坡异常陡峭，加之多年的寒冻风化，峡谷中的冰缘岩柱已在岁月的风雨剥蚀中形成了千姿百态的熔岩石林的造型，如黑熊，如昂首金鸡，如行走骆驼，生动饱满，风采不一。它们隐藏在山谷之中，让人眼前一亮。大自然的鬼斧神工令人惊叹，在长白山的深处，竟有这样一个自然杰作的艺术展览。

↑
长白山大峡谷

↑ 红豆杉

← 东北红豆杉

陡峭的峡谷两岸低温潮湿，茂密的森林中挂满了白丝、苔藓、蘑菇。长白山火山爆发时喷出的碎屑覆盖了山下沟谷坡地，历经长时间的演变，生长出茂密森林和丰厚苔藓，呈现出原始古朴的自然景观。

地球变化的见证者

东北红豆杉、红松、白桦、冷杉还有黄波罗、水曲柳等扎根在这里。同红松一样，红豆杉也是第四纪冰川的孑遗植物，野生种十分珍贵，是国家一级保护植物。百万年间，红豆杉经历无数时代的变迁，生存的危机，却依然坚定地存活于地球之上。

东北红豆杉有着翠绿的叶子，不畏寒冷，四季常青。冬季来临，红色的果子缀满枝头，吸引着鸟儿们前来觅食。红豆杉同银杏一样是裸子植物，准确来说，这个红果不是红豆杉的果实，而是种子，红红的、肉肉的是假种皮，保护内部的种子。

神奇的物质与生存危机

红豆杉可提炼出紫杉醇，具有抗癌能力，这种物质让红豆杉从默默无闻到声名鹊起，但也为它带来了“杀身之祸”。20 世纪 90 年代，在被疯狂地砍伐和剥皮中，高达 90% 以上的红豆杉失去了生命。原本生机勃勃的红豆杉林，变成了一片片触目惊心的“光头山”。

1999 年，野生红豆杉被列为国家一级保护植物，非法砍伐和贩卖红豆杉的行为遭到严厉打击。但红木家具的兴起又带来新的危机，盗伐现象屡禁不止。好在南方红豆杉已经实现了大规模的人工种植，野生红豆杉被围剿的“盛状”也终将落幕。

树木的语言

在前往大峡谷的栈道上还有一个沙松冷杉的突兀树桩，据说这棵标本树的树龄是 262 岁。树木的年龄之所以能被人们得知，这要归功于美国科学家道格拉斯所创立的科学领域——树木年代学。

年轮不仅能为人们提供树木的年龄，还能记录和提示很多气候信息和自然现象。年轮的宽度与气候条件有密切关系。在温暖、湿润的年份，树木生长快，年轮较宽；在寒冷干旱的年份，树木生长慢，年轮较窄。分析树木年轮宽度的差异，可以取得有关过去气候的信息。

年轮还可以提供过去年代火山爆发的记录，每一圈年轮的宽窄不同能够反映每年的生长环境，从每一圈年轮也能观察到树木一年四季的信息。946 年冬天，长白山的“千年大喷发”的时间确定就是在碳 -14 鉴定的基础上，通过碳化木的年轮，确定其喷发发生在 946 正负 3 年。这棵碳化木的最外侧年轮少了冬季，这次规模极大的火山喷发也最终确定发生在 946 年的冬季。

08

## 倒木孕育的生命天堂——谷底森林

在长白山北坡二道白河岸边，有一处 50 ～ 60 米深的巨大 U 形山谷，谷壁悬崖峭壁，谷底植被繁茂。空中俯瞰，茫茫林海犹如一条绿带绵延不绝，这里便是长白山的谷底森林，是长白山景区海拔最低的景点之一。

**火山灰造就的营养丰富的土壤**

数万年前的地质运动造就了山谷的雏形，火山活动和地震使整个地表垂直下陷，谷深 60 余米。火山喷发毁灭了一切，又开启了新的循环。火

山灰短期内对土壤会带来破坏性影响，但随着时间的积累，火山灰形成了营养丰富的土壤，风和动物带来植物的种子，寂静的山谷开始重焕生机，变成了长约3000米，宽约1000米的林海。四季常青的红松、云杉、冷杉、落叶松和长白松的针叶林在这片谷底安家，长白松尤其喜欢这片火山灰冲积之地。长白松原为国家一级保护野生植物，后因保护得当、数量恢复快，2021年9月调整为二级。

↑
谷底森林景观

沿着原始森林中人工铺就的木栈道步行进入密林深处，两侧矗立着参天的古树，遮天蔽日的原始森林，千树竞发，万木交织，枝干一味地向上生长，争夺阳光的普照。令人惊奇的是这里的“树抱石”比比皆是。“树抱石”奇观的形成并非因为这里的水土不够肥美，而是与长白山的形成过程和气候有关。长白山土壤成分大多是火山灰，营养丰富，但过于疏松，玄武岩上只有薄薄的土层，树木根基不深，只能横着生长，同时选择以根系互

↑
谷底森林中的长白松

相缠绕的方式抵御强风。但也正因如此，遇到狂风暴雨时，与其他森林多是一棵棵折断不同，长白山的倒木多是成片倒地，连根拔起。

化身为生命的温床的倒木

20 世纪 80 年代，成千上万株树木被一场风暴摧毁殆尽，但自然的演替是必然发生的规律，经过几十年的自然演替重焕新生，倒木便是这自然神奇的见证。

森林中许多树木只有碗口粗细，地面上倒木横生，几人合抱粗的大树木横卧在路上，年深日久，内部已经腐烂，人们只能从树下的空隙间小心翼翼地钻过去，避免人为的移动。虽生机殆尽，朽烂不堪，但倒木无一不保持着倒下时的姿态。倒木的死亡与分解是森林的能量流动与物质循环，是森林自然更新的必然环节和生态过程，是一种生命的再生。倒伏的树干很快变成菌类、鸟类、昆虫的新家，这为种子的萌发、幼苗的成长提供了适宜的环境，可以说没有倒木便没有茂密的森林。

20 世纪 80 年代的这场大风暴的东坡风倒区，没有人为清除倒木，经过多年的自然演替，除了缺少大径级的高大乔木外，森林生态完全恢复如初。成排的幼树在倒木上发生，为人们在观赏林海的同时带来一些生命的思考。

疑是绛珠草

行走在古朴的森林中，一块小木牌引人注目：高山露珠草。在三四月花期的时候能开一些白色的小花，等花期之后也会结出颗粒状的果实，成熟后就变成了红色。又因其生长得婀娜多姿，有专家认为高山露珠草便是《红楼梦》的绛珠草。但绛珠草究竟是何物，始终给人带来无尽的憧憬与想象。

继续沿着木栈道行进，跨过湍急的松花江水，在木栈道的尽头，整个地下森林景观尽收眼底。谷底的参天古树，纵向高低分三层，厚厚的苔藓长满了树干，巨石错落其间。崖上崖下的树木好似连成一片，置身其中仿佛淹没在绿色的海洋里，令人感叹大自然造化之神奇。

# 长白山雪岭的雪凇与雾凇

老爷岭又名仙峰岭，位于长白山森工集团八家子林业局仙峰国家森林公园的顶峰，冬季降雪量大、雪期长，每年冰雪覆盖期长达半年以上，又被称为雪岭，海拔 1457 米。

**仙峰国家森林公园**

仙峰国家森林公园位于长白山东北麓，秋季，红叶林下有暗河蜿蜒穿过，在表面只能看到暗河干枯的河床，但能听到河床下不绝于耳的水流声。暗河尽头，河水从地下涌出，在陡峭的河床地带一跃再跃，形成了三级梯状瀑布。冬季，最让人惊叹的便是迷人的雾凇，这一景观主要集中在老爷岭。寒流突袭，这里的松林形成连绵不绝的雾凇，长达 14 公里，堪称中国最大、最壮观的雾凇观赏带。

**玉树琼花·雾凇雪韵**

这里气候变化万千，雾锁山峰、云雾交织。每年 10 月开始，西伯利亚的寒冷气流和日本海的暖湿气流都会如约而至，在冷暖气流的交会下，造就出千里冰封、万里雪飘的壮美之景。站在 30 米高的观景铁塔上，远眺长白山，广袤的原始森林尽收眼底，雪松云海雾凇堪称人间仙境，目之所及全是纯自然的原生态景观。

↑
仙峰国家森林公园

雪岭的雾凇形成时间早、次数多、时间长，是延边地区最大的雾凇带，绵延数公里。9 月末，无数 0℃以下尚未凝华的水蒸气随风在树枝等物体上积聚、冻粘，雾凇开始出现，直至第二年 4 月末；12 月至次年 2 月的盛雪期，是雾凇和雪凇的最佳观赏期。每当遇到降雪或寒流时，水汽沿着山坡扶摇直上，形成漫山遍野的玉树琼花，形成一道壮美的高山雾凇地带。

雾凇又称为树挂，与雪凇相比，乍一看都是树上白茫茫一片，好像没

有什么区别，但实质上这两种气象景观区别很大。首先，从外观上看，雪凇通常呈现为白色，而雾凇可以分为两种，其中晶状雾凇呈半透明毛玻璃状，粒状雾凇则呈乳白色松脆粒状。其次，它们形成的原因也不尽相同。雪凇是由降雪附着在物体上并随着气温下降逐渐凝结而形成了像珊瑚一样的白色冰晶；而雾凇则是当空气中的水蒸气遇到冷空气时，直接凝结成冰晶，附着在物体表面。

雪凇和雾凇的持续时间和形成条件也有所不同。雪凇通常在气温较低

↑
云卷雾凇岭

的情况下持续时间较长，而雾凇的形成则依赖特定的气象条件，形成条件更为苛刻：一般是在寒冷漫长的冬季，空气中有充足的水汽；天晴少云又静风，或是风速很小。雾凇多在早晨或傍晚形成，大风是雾凇形成过程中的天敌，它总能把形成过程中结构松散的冰晶吹散，即使簇拥在一起的雾凇也会被吹得无影无踪。雾凇是天然的“空气加湿器”和“负氧离子发生器”，还是天然“消声器”，雾凇能吸收和容纳大量音波，所以在形成雾凇的密集树林里行走，会感到格外幽静。

仙峰生灵

每到冬季，雪花如席，山披银装，千峰万山被皑皑白雪所包围。雪松挺拔高耸，枝叶上积雪累累，与远处的长白山主峰相映成趣。这个圣洁之地，也是呆萌可爱的紫貂、森林精灵梅花鹿等珍稀野生动物的栖息之地。

↑
雪地中的紫貂

↑
驯鹿

紫貂或在雪地里伸出小脑袋，左右张望，或爬行在树上，嬉戏游玩，为寂静的山林增添乐趣。

这里还有一群从内蒙古兴安神卢鹿园引进的俄罗斯驯鹿。驯鹿又名角鹿，被称为行走在林海雪原的“森林之舟”，主要分布于北半球的环北极地区。在中国，驯鹿只见于大兴安岭东北部林区。雄性和雌性驯鹿头上都长角，这也是驯鹿区别于其他鹿种的显著特点之一。

驯鹿性格温顺、憨态可掬，被我国鄂温克族人视为吉祥物。鄂温克族是中国唯一饲养驯鹿的民族。在漫长的历史岁月里，驯鹿为鄂温克族的日常生活和生产都做出了重要贡献。

走在雪岭之中，犹如穿梭在长白山北坡与西坡之间，拥有完整的森林生态系统，主要树种有云杉、冷杉、桦树、色木槭、花楸等。这里同时也是各种珍稀树种的聚集地，其中最具代表性的当数东北红豆杉。这里的紫杉是国家一级保护植物，为常绿针叶树，生长缓慢，材质坚硬，是第四世纪冰川后遗留下来的世界珍稀濒危植物，素有“植物界大熊猫”之称。大小形状各异的天然草原如绿宝石般镶嵌在雪岭中，面积有 60 公

↑
仙峰雾凇

←
雪地摩托

顷之多。草原边上生长着大面积的岳桦，形态万千，顽强向上，与长白山上的岳桦有异曲同工之妙。

在仙峰雪岭，还可以驾驭着雪地摩托驰骋在树林间，无拘无束地体味北国银白世界的神韵，或体验东北马拉爬犁，在雪地上扬鞭驰骋，和大自然亲密接触。

10

# 东北“新三宝”与东北“旧三宝”

东北属中温带与寒温带气候，长白山和大小兴安岭山高林密，过去满族、朝鲜族、蒙古族等少数民族居住活动在此，人口稀少，采集和捕猎是重要的经济活动方式。再加之清朝的封山保护举措以及神山的朴素信仰，长白山地区野生动植物资源十分丰富，物产丰饶。生态吉林的核心价值之一就是珍稀的动植物，这在过去以人的需求为认知的年代，就被直接表述为东北“三宝”——人参、貂皮、乌拉草。其中人参作为“草中之王”，是家喻户晓的名贵药材，貂皮素有裘中之王的美称，是珍贵的皮毛，乌拉草是遍地都有的莎草科植物，是重要的生活物资。随着时代的变迁，由于乌拉鞋逐渐被淘汰，乌拉草也逐渐失去了“三宝”之一的地位，不被众人

↑
人参

↑
乌拉草

所知；而今的“三宝”已经变为了人参、貂皮与鹿茸。

表面上看，仅把乌拉草改作鹿茸，人参和貂皮没有改变，但实际却与过去大不相同了。从前的“三宝”是靠捕获和采集天然野生动植物资源，而今天的“三宝”主要是靠人工养殖而获得。人参的林下种植替代了野山参采挖；自 20 世纪 80 年代长白山人工养貂成功以来，长白山区已成为我国重要的养貂基地；鹿茸则是来自人工养殖的梅花鹿。

艰苦岁月的见证

乌拉草也叫靰鞡草（音同），靰鞡来自满语对皮靴称谓的音译，是满族人发明和使用的一种防寒鞋，通常由兽皮或畜皮缝制而成，鞋里絮上乌拉草，既舒适又暖和。乌拉草主要生长在长白山脉地区，在俄罗斯、蒙古国、朝鲜、日本也有分布，可以说是十分常见的植物。它的相貌也十分平常，就如禾草一样，茎叶细长、绿色，一簇簇丛生，花穗绿褐色，既不珍稀，也不算很好看。但是数百年来，这种普通的小草与长白山区的人民生活密切相关，成为不可缺少的保暖必需品。

乌拉草茎叶细长柔软，质地坚韧，不易折断，虽其貌不扬，但可用于编制。昔日每到秋季，人们便到山上割乌拉草，将其晒干存放，冬天时絮到鞋里，这样的鞋子穿着柔软而暖和，在极寒的天气里，保护人们的脚免于受冻。旧时关东人用皮革缝制、内絮捶软的乌拉草作防寒鞋，是北方贫

↑
长白山野山参

民心爱的“草履”。在闯关东时期，东北气候寒冷，物资又匮乏，穷人没有足够的衣物来防寒过冬，脚指头被冻烂是常有的事情，于是他们便学习当地满族的做法。东北地区野生的草形状类似乌拉草的很多，但唯有乌拉草的保暖性能最好，冬季的草褥、床垫等也可以用乌拉草填充。这种普通的野草给那个年代的穷苦百姓带来很大的温暖，保护了成千上万双穷苦人的双脚。

抗日战争时期，靰鞡是部队冬季作战的重要装备。一双双靰鞡陪伴着东北抗日联军将士穿行于白山黑水、战斗在茫茫林海，见证了东北抗联将士艰苦卓绝的斗争，成为东北抗联精神的承载。此外人们发现，乌拉草具有非常强的抗真菌功效，不与真菌形成菌根，是一般天然植物所不具备的属性。

“中医钻石”——鹿茸

替代乌拉草的鹿茸指梅花鹿或马鹿的雄鹿尚未骨化而带茸毛的幼角，前者习称“花鹿茸”“黄鹿茸”，后者习称“马鹿茸”。国内的鹿茸来自人工养殖。传统认为，花鹿茸的质量好于马鹿茸。所以，市场上也以花鹿茸的产品居多。

鹿茸有不同规格，药材有初生茸、二杠茸、二茬茸、三岔茸、砍茸等。为了调剂和使用方便，鹿茸往往会切成片，鹿茸片是越往角尖的部分越好，从上到下依次是：蜡片、半蜡片、粉片、血片、骨片。

鹿茸蜡片

中国梅花鹿之乡东丰县位于松嫩平原腹地，凭借得天独厚的自然环境成了梅花鹿种群生存的家园。在这片土地上，有后金至清代形成的“养鹿官山”“皇家鹿苑”等遗存。清朝晚期，东丰县小四平镇方圆 400 平方公里都是专门为皇家圈养梅花鹿的地方，统称为“皇家鹿苑”。现今，东丰县是全国人工养殖梅花鹿的发源地，养殖规模较大，东丰县坚持把梅花鹿产业作为促进三产融合发展的优势产业，促成“鹿产品”转化为“鹿商品”。

福“禄”寿的美好寓意

鹿，最早记载于《诗经》，“呦呦鹿鸣，食野之苹；我有嘉宾，鼓瑟吹笙”，它象征着“美丽、爱情、吉祥、健康、长寿、权利”。鹿自古以来都是吉祥之物，是历史上诸多民族共同认同的文化图腾。梅花鹿背部棕黄色，遍布鲜明的白色斑点，形如点点梅花，故称为“梅花鹿”，主要分布于中国、日本和俄罗斯。

在中国，由于栖息环境的变化、自身繁殖能力的不足以及过度捕杀，野生鹿群的数量在不断减少，目前野生梅花鹿已被列为国家一级保护动物，马鹿属二级保护动物。

非凡的再生能力

在动物世界中，鹿是唯一能够再生完整的身体零部件的哺乳动物。梅花鹿雌兽无角，雄兽的头上有一对雄伟的实角。雄鹿出生第二年开始长角，刚长出来的角，质地松软，外有一层带茸毛的皮包裹，这层带茸毛的皮上布满血管，可以输送养分，使鹿角继续生长，这时候的鹿角就叫鹿茸，鹿茸每年春季脱落再生。鹿茸生长会逐渐分叉，长到 8 月份以后，外层的绒毛开始脱落，原来的茸角会骨化成又光又硬的鹿角。

鹿角骨化之后，雄鹿会在坚硬的树干或者岩石上进行打磨，使其变得锋利无比，以便于在交配季节来临之时，利用锋利的鹿角击退竞争对手，在雌鹿面前展示自己的“飒爽英姿”，从而获得交配权。鹿角在过了繁殖期后就会自动脱落，一般在每年的 4—5 月脱落，随后又会长出新的茸角。自然脱落的是骨化的鹿角，它并不具备鹿茸的药用价值。

↑
梅花鹿

“三宝”从人间珍稀到市场化流通，进入可持续利用的绿色产业发展阶段，成了带动一方经济发展的生态特产。希望东北三“宝”能转化为东北三“保”，保护这片富饶大地的自然精灵。

# 11

## 朋克头秋沙鸭的幸福生活
## ——中华秋沙鸭

随着科学的进步，就地保护即保护栖息地作为保护珍稀动植物的主要手段已成了大家的共识。有一种动物就被保护在国家公园中——那就是可以用“鸟中大熊猫、鸭中国家队”来形容的中华秋沙鸭。

每年三月初，一种顶着绿色朋克头的红嘴鸭察觉到水温的变化，从江西武宁的柘林水库腾空而起，途经安徽蒙城、朝鲜江原道，最终抵达吉林长白山。二道白河流经二道白河镇，中华秋沙鸭便在此处落脚。

这种鸭子的迁徙路线能被精准地得知，得益于鸭子身上安装的卫星定位追踪器，这种追踪器价格不菲，高达上万元一个。如此大费周章地确保这种鸭子的安全，只因为它是国家一级保护动物——中华秋沙鸭，全世界不到 3000 只，有着“鸟中活化石、水中大熊猫”的美誉。

↑
中华秋沙鸭进入繁殖期，雌雄形影不离

尊贵身份，名为中华

这种鸭子于 1864 年在中国被发现，最初因两肋体羽具有明显的鱼鳞状黑色斑纹，定名为鱼鳞秋沙鸭，后来根据鸭子脑后那像清朝官员顶戴花翎一样的长长冠羽，被命名为“中华秋沙鸭”，成为世界 156 种鸭科动物中唯一以“中华”命名的物种——可以说是鸭中“国家队”。

作为“国家队鸭”，和普通秋沙鸭相比，中华秋沙鸭不仅拥有更高的颜值，也更为珍稀。中华秋沙鸭是中国《国家重点保护野生动物名录》一级保护动物、《濒危野生动植物种国际贸易公约（CITES）》附录一物种，在世界自然保护联盟（IUCN）濒危物种红色名录中被认定为濒危（EN）物种。而普通秋沙鸭数量多、分布广，在国家林业局 2000 年发布的《国家保护的有益的或者有重要经济、科学研究价值的陆生野生动物名录》中只是三有动物（即有重要生态、科学、社会价值的陆生野生动物）。俗话说“物以稀为贵”，普通秋沙鸭的待遇自然比不过“国家队鸭”。

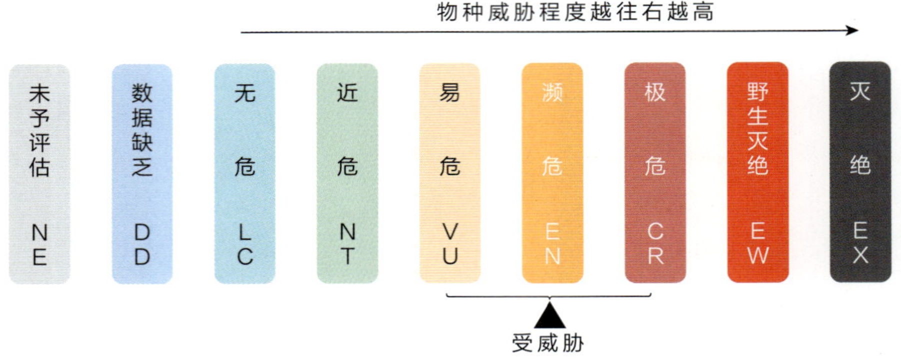


↑
中华秋沙鸭受威胁程度

作为世界自然保护联盟（IUCN）认定的濒危物种，中华秋沙鸭的保护也得到了国际社会的关注。目前，中华秋沙鸭分布于俄罗斯西伯利亚以及中国的黑龙江、吉林、河北、长江以南等地，在日本、韩国、朝鲜、缅甸也有分布，而越南的种群可能已经灭绝。中华秋沙鸭的繁殖地主要在俄罗斯东南部至中国东北部，每年中华秋沙鸭会在中国中部和南部地区、日本和朝鲜越冬，偶见于东南亚地区。

**吃的好、住的挑**

中华秋沙鸭是一种古老的鸟类，其祖先可以追溯到远古时期的恐龙。它嘴部细长，在捕食时，中华秋沙鸭往往会潜入水下觅食，平缓河湾与激流交错的地方是更适合它们的觅食地点。得益于与恐龙相似的密密麻麻的锯齿状牙齿，即使是泥鳅、七鳃鳗这样滑溜溜的鱼类也很难逃脱。尤其是号称“水下吸血鬼”的七鳃鳗，中华秋沙鸭是其为数不多的天敌之一。要知道，七鳃鳗在欧洲只会出现在贵族的宴会上，欧洲自中世纪以来就把七鳃鳗当作贵族享用的高档食物，英国王室对七鳃鳗也是钟爱有加，就连欧洲最会做菜的法国人也一度把七鳃鳗视作最奢侈的美味佳肴。而中华秋沙鸭却能将其作为家常菜，这一方面说明吉林水土好（要不哪来这奢侈原

料），一方面说明国家队鸭还真的在吃上已经达到了贵族水准（国家队本来就应该是贵族）。

中华秋沙鸭不仅吃的好，对于繁殖环境的要求也是相当高。在繁殖期雌鸟需要找到天然的树洞，在里面填上蓬松的绒羽之后才会产卵。雏鸟在刚刚孵化出来的一两天之内，要从树洞里跳出来，然后快速进到水中，所以通常中华秋沙鸭会选择距离水体较近的树营巢。此外为了保证雏鸟能够健康成长，在秋天完成迁徙越冬，所选择的水体中必须有数量可观的鱼类。对于中华秋沙鸭的繁殖地点选择而言，干净清澈的水体、丰富的鱼类、便于观察捕猎的水岸大石头、高大有树洞的树木这几个条件缺一不可；在繁殖期，中华秋沙鸭只会选择满足所有条件的地方孕育雏鸟。

↑
中华秋沙鸭捕食七鳃鳗

↑
1 中华秋沙鸭每年孵化出一窝，每窝 8 ～ 16 枚蛋。
2 5 中华秋沙鸭进入孵化期，雌鸭自己负责完成孵化。孵化期为 28 ～ 30 天。
3 4 经过 28 天左右的孵化期，小鸭子破壳 24 小时之后，在鸭妈妈的带领下勇敢地跳出 15 米左右高的巢穴并安全落地。

↑
鸭妈妈带领小鸭子经常在大石头或河边沙滩、倒木中休息。

↑
中华秋沙鸭每年 5 月中旬到 6 月初孵化出幼鸭。在鸭妈妈的精心抚养下，学会觅食、起飞，躲避天敌等生存本领。

↑←
长白山科学研究院科研人员给中华秋沙鸭搭建人工巢箱

曾经“棒打狍子瓢舀鱼”的北大荒，就是中华秋沙鸭的繁殖地之一。这里原先拥有绵延千里的广袤森林和纵横的水系，遍地都是中华秋沙鸭的“五星级酒店”。但随着北大荒变成“北大仓”，中华秋沙鸭赖以栖息的家园也受到了影响，中华秋沙鸭主要移居到长白山脉。

对住的好还要吃的好的中华秋沙鸭来说，尽管总数不多，但符合它们苛刻条件的优质栖息地更少。人们意识到如果再不付诸行动，中华秋沙鸭将有可能彻底消失。考虑到中华秋沙鸭对河岸边树洞的依赖性非常强，保护区的工作人员在河岸边的大树上超过 10 米高的地点，为中华秋沙鸭挂起了一个个人工巢穴，为中华秋沙鸭的繁衍生息保驾护航。

### 中华秋沙鸭的家园、观鸟爱好者的天堂

想要看到中华秋沙鸭，冬天的观鸟胜地洞庭湖和鄱阳湖自然是好去处，但在开阔的湖滨地区，想要从500米以外的成千上万只鸭科动物当中发现中华秋沙鸭，就算眼神再好也得费一番工夫。而长白山地区的松花江、图们江、鸭绿江水系区域作为中华秋沙鸭的繁殖地，在3月至9月可以集中看到中华秋沙鸭求偶、育雏等行为，且基本没有其他保护等级低的鸭子来当背景板，有道是“所见即所得”。也就是说，到长白山看国家一级保护动物中华秋沙鸭，占据了天时地利，这里是中华秋沙鸭的家园，也是观鸟爱好者的天堂。怎么样，夏天去长白山避暑，顺便爱我中华（秋沙鸭）?

↑
中华秋沙鸭每年在3月初迁徙到长白山区域生活7个多月的时间，它们最重要的任务就是繁殖后代，当幼鸭逐渐长成至成鸭时，10月末至11月初它们赶在大雪封山之前启程。迁徙到长江以南、江西等越冬地。目前，中华秋沙鸭全球数量不足3000只，在长白山区域内有不足150对繁殖后代。我们要保护好中华秋沙鸭的繁殖栖息地，普及中华秋沙鸭的保护知识，增强全社会的保护意识。

12

# 名为“美人”的长白松
# ——长白美人松

二道白河不仅有奇幻的魔界，更是美人松在我国唯一的生长地。如果说红松是松科家族中的首领，长白鱼鳞云杉是家族中的贵族，那美人松就恰似艺术家。美人松是长白松的别名，长白美人松已被列为国家一级重点保护树种，而且每一棵树都有自己的“身份证”，悬挂标牌，标牌上注明序号，建立电子数据库，详细记录着它的生长信息。

**少女之姿**

与形状怪异的岳桦林不同，长白松树干笔直，喜光的天性让其高达20 ~ 30 米。橘黄色的树干，自下而上逐渐变浅，呈金黄色，下部枝条早期自然脱落，直到树干顶部才开始分杈，针叶苍翠。那些向四方伸展的枝条，苍劲而又妩媚，远远望去，亭亭玉立，婀娜多姿，犹如美丽的少女。人们给它起了个动听的名字“美人松”，其优美的姿态是其他松树都望尘莫及的。美人松空中廊桥公园内有全长 346 米的空中廊桥，在小镇的上方蜿蜒盘旋向上，方便游人观赏美人松的优美姿态。

在《长白山纪行》中有一段这样描述美人松的：“妩媚的美人松羞花闭月，枝条酷似妙龄少女的香臂，舒展开去，潇洒脱俗。叶冠犹如美人的

↑
美人松

↑
美人松

↑
美人松

秀发，光彩照人，文雅迷人。”夏季伊始，山脚下二道白河和三道白河两岸那片美人松林进入开花的时节。沿着曲曲弯弯的步道前行，一棵棵美人松相伴左右，间或有两三个人拉起手来才能合抱的大树。

**谜一样的神奇存在**

林木丰茂的长白山，美人松是其中的一个神奇树种，它是红松的近亲，是距今几千万年的物种。它的神奇之处在于它的分布仅限于长白山北坡海拔 650 ~ 1600 米二道白河至三道白河的南北狭长地带，并生长在火山灰冲积的地方。在二道白河镇河边附近有成片纯林，其他沿二道白河以散生的形式与长白落叶松、白桦、红松和长白鱼鳞云杉等混生。

这个物种的产生似乎与火山活动有关，然而，偌大一个长白山脉，南到辽宁大连岛，北到大小兴安岭，却只有这一两片美人松树林，为什么长

↑
美人松

白松只分布在长白山北坡，而不在其他坡面，美人松的自然扩散又受什么因素限制等，堪称长白山一道未解之谜。

险境亦可生存

美人松的外表虽像闺中少女，可它的内里却潜藏着与一切恶劣环境抗争的顽强毅力。美人松实际上是一种毫无娇气的树木，对生存条件的要求不高：对气温的适应幅度很广，既能抵御严寒，又耐高温，是一个耐火烧的树种；对土壤和水分要求不高，在海拔 650 米的地方，主要生长在旱生植物多的沙地上；在海拔 1100 米的地方，主要生长在苔藓层很厚、蕨类植物较多的湿生环境里；美人松寿命长且生长迅速，抗病虫害能力一流。只要看到它生长的地方，就可以想象出它的耐力和与大自然进行较量的大无畏精神。

→
长白美人松

13

# 百草之王
# ——长白山人参

吉林省的抚松县地处长白山脚下、松花江源头，森林覆盖率高达85.76%，拥有全国交易量最大的人参市场——万良长白山人参市场。白山松水孕育了抚松县丰富的自然生态，适宜的温度、清冽的空气、肥沃的土地、广袤的森林为人参生长提供了无可比拟的环境基础，作为“中国人参之乡”，抚松县人参产量居全国之首，依托人参产业将生态优势转化为经济优势，实现从“靠山吃山”到“养山富山”的转变。

人参是关东三宝之首，长白山地区已有1500多年的野山参采挖历史和450多年的人工栽培历史。目前，种参的方式一般分为两种：跟平地种庄稼一样的园参种植；在林间播种，参苗纯自然生长的林下参，基本等同于野山参。长白山地区的自然生态环境得天独厚，这里有着世界上最大的人参交易市场，这里的人参文化更是源远流长。

**吸收天地精华的百草之王**

人参是地球上最古老的孑遗植物之一，野生人参是国家一级保护植物，因根须如人形而得名，俗称“棒槌”。它生长在长白山腹地海拔500～1000米的针阔混交林带，环境阴凉湿润，腐殖质深厚，营养丰富，是全

↑
长白山林下参

↑
长白山人参

世界少数能孕育出野生人参的土地。

在长白山的原始森林里，乔木、灌木、苔藓和真菌为人参的生长提供了多重自然屏障。人参爱阴凉，喜水、怕涝，惧强光，向阳背风的缓坡林下是人参偏爱的生长场所。缓坡能够带走多余的雨水，当气温升高时，腐殖层依然潮气蒸腾，为人参的生长提供水分补给。

人参每年只有三个月是其生长旺季，休眠期长达八个多月，呈现枯萎的状态，根茎萎缩至土壤以下，以“假死”来保护自己，在冬天不会被严寒侵蚀而死。其生长缓慢，每年增重 1 克左右。1 苗 50 克重的人参要历经磨难，跨越数十年甚至上百年的时光，吸收天地精华才形成。

**放山人世代传承的习俗**

靠山吃山，靠水吃水。生活在长白山周边的村落，狩猎、采药都依附于长白山。早在唐代，长白山一带便是人参等高档药材的产地，周边的村落世世代代以采挖、种植人参为生，成为当地人主要的经济来源。

清朝前期，清政府对长白山实行封禁 200 余年，采参人只有持采参证才能进山，严禁私采。另外，当地人民还形成了有鲜明地方特色的采参文化，长白山采参习俗已被列入国家级非物质文化遗产名录。

他们将进山采挖人参称作“放山”，将挖参称为“抬参”。山里有山里的行规、道德和禁忌，有专用工具和特色语言，以约束放山人的行为，这是长白山采参人世代传承的规矩，是祖祖辈辈与大自然的约定。在长白山挖参依然保留了“抬大留小”（挖大的留小的，一般三匹叶及以下的不挖）的习俗，虽然这些幼体如果被带到外面出售，同样可以卖个很好的价钱，但他们宁愿把这些尚未成型的野生人参留下来，让它们继续在野外生长。一个“抬”字，表现出放山者对人参的热爱与崇敬。参农把人参由野生采挖逐渐发展为人工种植，但是，这种庄严而又带些神秘色彩的“抬参文化”却被保留下来。

从采参到护参

我国最早有记录的人参是山西的上党人参，然而经过上千年采挖，到了明代已基本灭绝。到了清代，长白山人参开始作为主角，成了我国人参的“独苗”。20 世纪 80 年代，因价格暴涨，大量采参者蜂拥而至，疯狂采挖，过度采挖、放牧、野兽踩踏等因素导致长白山的野生人参也濒临灭绝。靠采参糊口的采参人发现近几年长白山野山参愈加稀少，为了保护稀缺的人参资源，有的富有经验的挖参人转变为守护者，祖传的寻参绝技不再用于采参而是护参，他们找到野山参后，将小参掩盖好，将被破坏的野山参转移到安全的地方；把参籽撒进山林中，任其生长，恢复种源。

2011 年，由政府主导、社会各界共同参与推动和实施长白山人参野生资源恢复工程，每年用飞机向长白山原始森林撒播优质人参种子，至 2013 年工程结束，共计 9 吨优质人参种子被成功撒入了长白山的莽莽林海。长白山野生人参的数量将在 40 年或 50 年后达到一定规模，人参野生资源现状也将得到根本性改善。

14

# 毛色并非紫色的长白山“紫”貂

很多人听过有关“关东三宝”的民谚，旧说的“三宝”为“人参、貂皮、乌拉草”，而新说则是“人参、貂皮、鹿茸”，新旧两个版本里排名第二的都是“貂皮”，最初貂皮就是紫貂的皮。

紫貂曾是欧亚大陆北部寒温带针叶林中的典型物种之一，现在紫貂分布于中国、俄罗斯、蒙古国、朝鲜等国的寒温带针叶林中。俄罗斯是紫貂的主要生存家园，中国是全球紫貂分布的最南端，我国的东北地区及新疆都有分布，但野生数量极少。紫貂是国家一级保护野生动物，偷猎、生境的丧失和破碎化仍是它们生存的最大威胁。

→
紫貂

↑
紫貂戏雪

**长白山的原始居民——紫貂**

紫貂偏爱密林深处，警惕性非常高，一有风吹草动就会立起来站岗；行进中总是跑跑停停、边嗅边看，有时昂首向四周张望；捕食和避敌的时候则连跑带跳，行动十分灵活敏捷，瞬间就消失在林中，很难看到它的身影。

紫貂的毛色其实有很多种，不同地区的紫貂毛色不同，黄褐色、黄沙色、灰褐色、黑褐色皆有。紫貂的毛并不是紫色，只是在阳光下有些泛紫。

**居无定所的独行侠**

长相可爱呆萌的紫貂，实则性情孤僻。它们是出色的猎手，偏好夜间活动，擅长利用敏锐的嗅觉和听觉猎取小型猎物。紫貂行动敏捷，不论是在地面上，还是在树梢之间，都能轻松穿梭，捕获鼠类、小鸟和鱼类，有时也吃浆果和松果，主要天敌是黄喉貂和猛禽。黄喉貂因喉部具有明显的黄橙色喉斑而得名，与紫貂同为貂属的兄弟，虽长相可爱，实则性情凶猛，是典型的食肉动物，其四肢强健，趾爪尖利，是一个可怕的“杀手”。

除交配繁殖期外，紫貂一般独来独往，没有固定的巢穴，倒木、树洞、石缝都是它们居住的场所，虽然住所都是临时的，但紫貂将其打扫得

一尘不染，将干草、羽毛和毛发等铺在巢穴里，还会把“厕所”和“卧室”分开来，有的甚至还开辟出了仓库，温馨又舒适。紫貂是具有贮食行为的动物，动物学家在其巢穴里发现了鸟羽、鼠毛和动物的残骸。当周围气候变化或者食物缺乏时，紫貂就会搬家，搬到一个食物充足的地方，然后重新安置下来。

虽然居无定所，但雄性紫貂间的活动范围几乎不重叠，它们具有强烈的领域性，以尿迹和足迹来标记自己的领地。在繁殖期，雌性负责找寻适合的巢穴，准备好舒适的环境；而雄性则负责巡视周围，保护家园。

### 生存优势招来杀身之祸

为了抵御严寒，紫貂演化出保暖、柔软、光滑的皮毛，冬季毛发浓密，每平方厘米可达近 2 万根，有“见风愈暖，落雪即融，遇水不濡，触目不痛”的美誉。成年紫貂的皮毛分为好几层：针毛、披针毛、绒针毛和绒毛，针毛灵活而粗硬，主要起到保护作用；绒毛则柔软蓬松，负责隔热保温。在冬季平均每根针毛周围约有 44 根绒毛，而到了夏季绒毛的数量则会下降一半。

然而，这种适应环境的优势，却为紫貂招来了杀身之祸。欧洲和东亚猎貂取皮已有上千年的历史，在中国古代，紫貂皮一度是东北少数民族向中央及地方政权纳贡的主要物品，具有浓重的政治色彩。在全世界，无论是过去还是现在，华贵的紫貂皮都是不少人热衷于追求的商品，市场价值极高。

20 世纪末由于大规模地狩猎，加上生态环境逐年退化，野生紫貂的数量急剧下降。为了保护紫貂这种珍贵的动物，国家采取了一系列保护措施，严禁捕杀野生紫貂，并于 1957 年开始探索紫貂的人工养殖。俄罗斯是紫貂的主要分布区，同时也拥有大规模的圈养种群，每年可提供大量的紫貂皮张供应市场。

### 此貂皮非彼貂皮

美国很早就开始打了水貂的主意，19 世纪的时候大量捕杀野生水貂制作貂皮，导致野生数量急剧减少，但根本无法满足市场需求。于是开始人工养殖水貂，后来慢慢各个国家都开始进行养殖，欧洲、亚洲的水貂养殖规模日益庞大。现在市面上多数貂皮都是“水貂皮”，实为水鼬皮，来源于人工养殖的美洲水鼬；事实上，只有紫貂和中国境内另两种貂属成员黄喉貂、石貂才是真正的貂。

# 15

# 四季常绿的长白山“红”松

露水河国家森林公园位于抚松县露水河镇，这里拥有大面积的长白山红松阔叶混交林，古朴挺拔、松涛跌宕，百余年的红松、柞树、水曲柳、胡桃楸、紫椴等珍贵树种比比皆是，500 余年的红松王在多次火山喷发中幸存，历经沧桑，依旧苍翠挺拔。这里保存着全国仅存、亚洲最大的 1.2 万公顷原始红松母树林，一片原始林就是一个生态世界；露水河是一座天然优良基因库，具有无可比拟的生态价值。在长白山森林最具特色的地带性顶级植被群落——针阔混交林中，珍贵的野生红松可以说是当之无愧的乔木顶流。

红松虽然名字中带有“红”，但并不是红色的松树。红松是针叶树种，四季常绿；即使在严寒时节，红松也不会落叶，因此红松在正常情况下并不是“红松”而是“绿松”；下雪之后，红松就会变成“雪松”；而只有当红松死亡之后，针叶变成红色，才成为名副其实的“红松”。

↑
红松树林秋色

来自 300 万年前的自然遗产

野生红松是极珍贵的自然遗产。追本溯源，红松起源于东北亚地区的西伯利亚。在约 300 万年前的第四纪时期，由于气候变冷出现了大面积冰川，许多物种就此灭绝，只有少部分物种遗存至今，原始红松林就是第四纪冰川活动期存活下来的孑遗种。

长白山红松针阔混交林是我国东北地区最具代表性的森林类型之一。除了红松之外，水曲柳、黄波罗、胡桃楸、紫椴、山葡萄、五味子等物种共同组成了广袤的针阔混交林。红松针阔混交林保存了第三纪植物群落的古老结构特征，是我国极为重要且珍贵的森林资源。

前人栽树，后人乘凉

长白山红松林之所以能够形成现如今的规模，不仅仅是大自然的馈赠，更得益于一代代林业人的奉献与坚守。2004 年 12 月，露水河林业局率先成立全省国有林区第一家森林公园，完成了从砍树人变为植树人的华丽转身。2012 年，露水河林业局以壮士断腕的决心和背水一战的勇气，开启森林管护体制改革的“破冰之旅”，成立森林资源管护大队，开拓出一条森林资源管护的成功之路。

坐落在吉林南部山区的三棚林场就是典型的人造林场，其现有的 47000 亩林地中，70% 以上都是人工造林的产物。1958 年，通化县三棚林业有限公司（以下称三棚林场）建场之初，第一代林业工人来到这里，种下了 5000 亩红松林。在那个没有大型机械设备辅助种植的年代，工人们用肩膀扛起树苗，沿着土路跋涉上山，一镐一锹在荒山上种下绿色的希望。虽然短时间内林场不可能从这批红松上获得太多经济效益，但当坚持几十年培育成红松母树林后，给后人留下的就不只是一座青山，更是一座“金山”，红松林结出的松塔就能够为林场带来源源不断的收入。

2004 年，三棚林场万亩红松林被原国家林业局评定为“国家红松良种基地”，成了取之不尽、用之不竭的“绿色生态银行”。目前，三棚林场资产总计 2506 万元，年均经营收入 550 多万元，年人均增收 3 万元。三棚林场三代人历经岁月沧桑，秉承着“荒山变青山、青山变金山”的理想信念，不仅完成了重新给荒山披上绿装的既定目标，也以实际行动践行了“绿水青山就是金山银山”的发展理念。

**来之不易的“东北新三宝”主角**

一提到东北三宝，人们就会想到“人参、貂皮、乌拉草”，随着时代的变迁与社会的发展，鹿茸角代替了乌拉草，跻身东北三宝。步入生态保护新时代，着眼于东北林区经济和林区人民生活，东北新三宝应运而生——红松、林蛙、黑木耳，其中为首的就是红松。

长白山知名的特产——野生松子就是红松的种子，红松的果实因状如宝塔，又被称为松塔。红松的松塔大多长在二三十米的红松树尖上，采摘人需要带上“脚扎子”，双手搂着树干，一步一步爬到树顶才能进行采

←
松塔与松子

摘。采摘下来的松塔还需要从山上背到山下，这一系列过程全部依赖人工操作，没有现代化的设备作为辅助。采摘松塔的人常常衣服被汗水浸透，双手沾满松油，身上被划出一道道血痕。红松的采摘过程充满了艰辛与危险，每年都有采摘人因为采摘松子而发生事故，从树上跌落下来不幸丧命。由此看来，说松子是拿命换来的，一点儿也不为过。“十斤松塔一斤子，十斤汗水一颗塔”，从松塔变成美味的松子，着实来之不易。

从“老来得子”到“早产贵子”

在长白山广袤的森林中，野生红松生长 50 年后才会开始结籽，生长 100 ~ 200 年进入结实青年期，生长 300 ~ 400 年进入结实壮年期，可谓是“老来得子”。松子需要在松塔里历经两年的生长才会成熟，由于成熟周期长，产量相对稀少，长白山当地人也把松子称为“长寿果”。长白山的红松不施肥、不打药、不人工干预，得益于营养丰富的黑土地的滋养和山泉水的灌溉，长白山出产的松子个个都是松香味十足的红松精华。

在红松产业发展过程中，红松嫁接术是使“老来得子”的红松逐步向“早产贵子”转变的有力举措。对 4 ~ 5 年生红松实生苗进行嫁接培育能够使红松人工林提早结实，采用嫁接技术培育的红松林或改造的人工林进入结实期时，树体相对不高，这大大降低了采摘松子的危险性。

**鞠躬尽瘁的红松的一生**

红松可谓是将奉献精神体现得淋漓尽致的物种：生活在长白山地区的先民会使用优质长白山红松作为房屋建造所用的木材，用长白山红松原木建造的长白山木屋历经百年风雨而不朽。红松不仅能作为栋梁之材，也为国家发展构筑起了坚实的生态屏障。此外松子有延年益寿之功，松花粉有祛病健身之效，树皮可炼栲胶，针叶可熬松香。即使变为朽木之后，依然能成为无价之宝——松明子。

松明子就是含有松脂的红松木。当红松木经长时间自然老化、腐蚀、风干后，松脂渗透于木质之中，所形成的琥珀色物质就是松明子。松脂是红松的分泌物，对于松树而言主要起到防御作用；松脂在树木受损的伤口处凝固后，可以起到封闭和抑制细菌的作用，能够保护松树减少蛀食昆虫的侵害。由松脂形成的松明子易于燃烧，是极好的引火材料，长白山林区人家的灶坑旁或炉子边总要备上一小堆松明子。在东北婚俗中也有送松明子的习俗，传递了祝愿“后代聪明”的美好寓意。在小说《智取威虎山》中有一句台词：“山里点灯，山外点明子，给三爷祝寿。”当年灯是稀罕物件，而松明子却是寻常物品，在长白山区极为常见。

随着社会的发展进步，灯已经走进了千家万户，变成了寻常的物件，而松明子则乘着文玩的风潮摇身一变，成了价值连城的宝贝。松明子纹理美观绝伦，堪称大自然的造化杰作；经清洗打磨后可以根据原始形态加工成为造型各异、惟妙惟肖的艺术品，具有极高的观赏和收藏价值，更显沧桑复古，内含铿锵之美。松明子被加工成工艺品或手串后，被称作“琥珀木”“北沉香”，一件小摆件或一串手串也要上千元，稍大一些的文玩甚至售价可高达上万元。现如今，松明子已不再是寻常物品，而成了稀世珍宝。

“鞠躬尽瘁，死而后已”，长白山的红松与扎根长白山的林业人用朴素的奉献精神种下了一片片绿色的希望，描绘了万绿丛中一抹“红”的生态传奇。

16

# 烟火气中的慢生活
# ——二道白河小镇

在吉林省延边朝鲜族自治州安图县境内，长白山北坡脚下静卧着一个“慢城、慢行、慢生活”的小镇，有着“长白山第一镇”之美称。春天，

↑
二道白河小镇

↑
二道白河小镇

山谷里的樱花和杜鹃花盛开，把整个小镇装点得如同仙境。夏天，山上清冽的风吹到小镇，轻轻柔柔，拂去难耐的暑热。秋季，放眼望去，白桦树林，倔强的蒙古栎，高大的杉树，笔直的山杨，密密匝匝的针叶林，都是那么生机勃勃。冬天，白雪覆盖了整个小镇，在一片辽阔苍茫的天地里又透出几分静谧和清寂。小镇不大，却因独特的地理位置、适宜的气候和94%的森林覆盖率，成为非常宜居的生态之城，幸福指数极高。

小镇的岁月变迁

曾经，这里人迹罕至，周围都是茫茫森林。中华人民共和国成立后，

↑
二道白河小镇

伐木业的兴起，让众多林业工人从各地汇聚于此，二道白河镇也因此迎来了移民入迁的高潮。那时，镇林业所辖的采伐点遍布周边的松江河、露水河、黄松浦、奶头峰、大阳岔等地，采伐点逐渐形成以二道白河为中心的聚居区。

当时的林业采伐主要依靠牛、马爬犁将木材拖下山，到达林中大道后改用汽车运输。每天，一辆接一辆的大车轰鸣着，将巨树从山上运至贮木场（又称楞场），再由抬木工人唱着震天响的“号子”将木材归楞、分等、封堆、装上火车，最后运往外地。林业的发展极大地推动了小镇的繁荣，而现如今，清脆悦耳的鸟鸣、淙淙流淌的溪水早已取代“顺山倒了”的吆喝声、小油锯的突突声。

**长白山下的生态风情小镇**

二道白河小镇是前往长白山瀑布的必经之路，拥有得天独厚的地理位置、独一无二的自然景观和丰富的生态资源。小镇已建八园一馆 32 景，一年四时，一步一景色，景景醉人心。

作为一个被森林包围的小镇，负氧离子含量极高，在慢行步道徒步和骑车，可以充分感受小镇的自然与文化魅力，观原始林海、缤纷花海的自然景观，赏珍稀水鸟的悠闲栖息，听白河穿流的奔流波涛，忆森工的过往故事，学奇绝白山的自然科普。

地处长白山北坡森林—沼泽群落交错区的长白山碱水河国家湿地公园拥有河流湿地、森林沼泽湿地、灌丛沼泽湿地、草本沼泽湿地等类型多样的湿地，为众多水鸟及其他野生动物提供了理想的栖身之所。每年夏秋两季，更有中华秋沙鸭等大批珍稀动物来此越冬。

东北亚植物园内，以红松为代表的针阔混交林带生长于玄武岩台地上，宛如一曲以红松为主调、由其他树木共同谱写的交响乐章。美人松摇曳生情的动态美，山水相依的静态美，更有固态雕塑的抽象美在长白山美人松空中廊桥公园、美人松家园、长白山美人松国际雕塑公园展现得淋漓尽致。在美人松空中廊桥上，你会发现这座小镇几乎是被森林所覆盖，远处的长白山隐约可见。

长白山自然博物馆是我国最大、最完整的自然博物馆之一，被誉为“世界物种基因库”和“天然博物馆”。博物馆以多种形式向游客展示长白山的形成、动植物资源、森林生态系统等科学知识。最特别的是博物馆内设置了逼真的森林分布带，从海拔 700 米以下的落叶阔叶林带、海拔 700 ~ 1100 米的红松阔叶混交林带、海拔 1100 ~ 1700 米的针叶林带、海拔 1700 ~ 2100 米的岳桦林带到海拔 2100 米以上高山苔原带全都有实景展现。

↓
窗外锣鼓声声

**长白山脚的烟火气**

从前，村民把自家多余的蔬菜、家禽、粮豆、水果背到二道白河镇来进行交易，自然而然地形成了“冬集”“夏集”“周日集”“年节集”等各种集市。现在，逢五、逢十的日子是二道白河大集，置身于热闹的集市，穿梭在一阵阵吆喝声中，感受最踏实的烟火气。品尝富有特色的血肠白肉、满族火锅、朝鲜族打糕、拌菜和各种山间野菜，让烟火气扫去冬日的严寒。

在这片远离城市的喧嚣中，可以感受大自然的恩赐。

# 吉林母亲河

## ——松花江

↑
松花江畔

对于有着“白山黑水”之称的东北来说，介绍完了“白山”——长白山，接下来理应介绍“黑水”——黑龙江。黑龙江作为一条位于中俄边境的界河，其干流并未直接养育黑土地上的东北人民。在吉林民众心目中称得上“母亲河”滋养了这片黑土地的无疑是松花江。

松花江，是一条南北相望的大江，北端源自大兴安岭支脉，而其南源则是长白山天池；松花江，是一条冰火互助的大江，火山铸就天池之形，冰雪汇聚江河之水；松花江，是一条人与自然和谐共处的大江，大山孕育大河，哺育沿岸生灵，塑造东北气质。松花江这条当之无愧的“母亲河”哺育了吉林的万千儿女、乡野生灵，造就了吉林最肥沃的水乡和坐落在水乡河网系统中的吉林市、松原市、扶余市，可谓“一江居中、南北互动、两岸繁荣”。

沿着蜿蜒的松花江一路前行，不仅能领略到壮丽的流域风光，更能感受到一幅幅和谐共生的画卷。松花湖、红石湖、白山湖宛如三颗璀璨的明

↑
松花江——太极民生

↑
松花江——五彩秋江

↑
松花江源头雾凇

珠，串联成一条迷人的水域画廊。位于松花江一级支流——蛟河畔的拉法山以其独特的古洞景观和绚烂的红叶闻名于世。松花江的第二大支流——牡丹江在敦化市孕育出大面积的雁鸣湖湿地，成为无数候鸟迁徙途中的重要驿站，每年都吸引着无数观鸟爱好者和摄影师前来驻足。牡丹江沿途的六鼎山则是佛教文化的圣地，还见证着渤海古国曾经的繁荣。支流伊通河从省会长春穿城而过，带给这个城市蓝色的脉搏。

# 01

## 南北相望的松花江源头

松花江，这条蜿蜒于长白山和大兴安岭深处的河流，在隋代称难河，在唐代称那水，辽金两代称鸭子河、混同江，清代称混同江、松花江。流过漫长历史的松花江，自古便养育着东北大地。

**泡沼遍地·众水归一**

谁说江河不会倒流，诞生之初的松花江从北向南流淌，注入古松辽大湖[①]。斗转星移，古湖消亡，只留下泡沼遍地，现如今的查干湖、月亮泡是古湖曾经存在的证明。沧海桑田，地质变迁，如今“天河”松花江反其道而行之，沿长白山脉自东南向西北源源流淌，与北源汇集后转向东北奔腾千里，注入黑龙江，汇入太平洋。

溯江而上，松花江有长白山和大兴安岭南北两个源头，以南源的长白山天池为正源，北源则是位于大兴安岭支脉的嫩江[②]。

在吉林长白山，天池之水从缺口飞泻而出汇成了乘槎河，流经南北走向的山河谷后从悬崖一跃形成了壮美的长白飞瀑，直冲潭底汇聚而成二道

---

① 古松辽湖——大约在 200 万年前形成，面积约是青海湖的 10 倍，后因地质运动大地隆起，湖水退去，留下一片片沼泽泥潭和湿地。

② 清朝末年，俄国人曾对松花江进行勘测，确认嫩江位于松花江干流，河源位于嫩江上游。

↓
松花江——坚冰之下听水流

↑
松花江——情定雾凇岛

↑
松花江——江上生花

白河，这便是松花江的正源。

在长白山天池北坡，由西向东分别发育出了头道白河、二道白河、三道白河、四道白河和五道白河，汇集后形成了二道松花江。在天池西坡，漫江与锦江等支流汇集成头道松花江。二道松花江与头道松花江在靖宇县的两江口汇合后被称为西流松花江，也称为第二松花江。流经吉林省境内的实则是西流松花江，虽不是松花江干流，但也正是这段河流最具生命力、故事最多！

向北约 1500 公里处，在内蒙古自治区大兴安岭支脉的伊勒呼里山中的南翁河是松花江北源嫩江的源起。南瓮河向东南流淌约 172 公里后，在第十二站林场附近与二根河汇合后称为嫩江。嫩江古称“难水”，取自“水势凶险，难以跨越”之意。绵延一千多公里的嫩江与来自南源的西流松花江在吉林省扶余市的三岔河附近合二为一后，形成了松花江干流。

**岂止支流·独占鳌头**

松花江是黑龙江在我国境内的最大支流，虽然不是一级河流，但是其长度和流域面积堪称大河，可以和众多江河分庭抗礼，更是位列二级河流之冠：除却长江、黄河，松花江是中国流域面积第三的大河。从正源计算，松花江全长 1927 公里，流域涵盖东北四省区——黑龙江、吉林、辽宁、内蒙古，流域面积约为 55.72 万平方公里[①]，凭借 762 亿立方米的径流总量超越了黄河。

松花江是吉林省第一大水系，覆盖了吉林省土地面积的 71.8%[②]。在平原与山岭之间，松花江水汩汩地流淌，流经安图、敦化、吉林、榆树、扶余等 31 个市县，串联起吉林省境内 80% 的湖泊。与嫩江在吉林省西北部汇聚之后，形成了名副其实的“东北水乡”，成为全国湖泊密度最高的地区之一。松花江与包括嫩江、呼兰河、牡丹江、汤旺河、倭肯河、拉林

① 数据来源于中华人民共和国水利部官网。

② 数据来源于吉林省人民政府 http://xxgk.jl.gov.cn/zcbm/fgw_98007/zcfg/201910/t20191023_6119007.html

河、伊通河在内的无数条支流形成了纵横交错的河网。

生命之河·生态之歌

河流是大地的血脉，松花江以丰沛的水量孕育着两岸丰富的自然生态，滋养着沿岸的万物生灵。松花江与黑龙江、乌苏里江共同形成了广阔的三江平原；与此同时，松花江和嫩江冲积形成广袤的松嫩平原。广袤的平原沃野千里，流域内盛产玉米、小麦、水稻、高粱等农作物，在松花江流域丰沛水资源的保障下，粮食产量近年来达到了历史最高水平，是中国最重要的鱼米之乡。

2023 年，吉林粮食总产量达到了史上最高的 837.3 亿斤，这是吉林连续第三年粮食总产量超过 800 亿斤。以水稻为例，长春地区大面积种植温带粳稻“吉粳 88”，这是农业农村部颁布的优质水稻品种，它米粒丰盈、横断面近于圆形、透明或半透明、质地硬而有韧性，煮后柔软可口、

↑
松花江——收获金秋

米香味浓，同时营养丰富，富含多种微量元素和维生素。

此外，吉林省玉米产业在中国农业和整个国民经济中，占有极其重要的地位。松花江流域是中国主要的玉米产区，被誉为“黄金玉米带”。吉林省的玉米播种面积和产量均占我国总量的 30% 以上，使中国已经成了仅次于美国的第二大玉米生产国。

除了一望无垠的黑土地，松花江流域还蕴藏着丰富的资源：山珍、淡水渔场、石油矿藏……这些都是大自然丰富的馈赠与宝藏。吉林生态系统的安全就是水安全，就是粮食安全，就是我们赖以生存的物质保障。

曾经在松花江流域，很多民族以渔猎为生，伐木声在山谷中回响；而

↑
虎啸山林

今人与自然的关系从谋求生存转向为保护生态。松花江流域分布着中国面积最大的森林区，原始森林遍布，是得天独厚的野生动植物乐园：珍稀程度媲美大熊猫的中华秋沙鸭，凶猛桀骜的“兽中之王”东北虎，山林精灵紫貂，优雅圣洁的丹顶鹤，森林深处的驯鹿……这些动物与人之间的关系不再是简单的给予或者获取，更是一种彼此尊重与互相依赖的关系。松花江作为生命之河，也谱写出了一曲生态之歌。

精神家园·松花江上

除了可以从地理维度溯源松花江，比自然更动人心魄的是松花江作为吉林的母亲河所承载的人文情怀；松花江养育着世世代代的吉林儿女，在吉林的历史文化长河中，松花江从未缺席。

一段中华儿女家喻户晓的旋律：“我的家在东北松花江上，那里有森林煤矿，还有那漫山遍野的大豆高粱……”被不同艺术家演绎得或雄浑激荡或哀婉惆怅，迄今在不同时刻奏响此曲仍让人荡气回肠。这首 1935 年张寒晖目睹东北军和东北人民流亡惨状而创作的抗日歌曲，唱出了“九一八”事变后东北民众以至中国人民的悲愤情怀，被誉为《流亡三部曲》之一，松花江作为东北人民精神图腾从这首歌中可以窥见一斑。

松花江的支流伊通河作为长春人民的母亲河，滋养了吉林省省会长春，由伊通河汇聚而成的净月潭从“长春水缸”转变为“长春之肺”，成了长春市重要的生态屏障。松花江流经省市同名的吉林市，这座北国江城作为吉林省曾经的省会，也被誉为“松花江第一城”。这里的松花江三弯九曲，在冬季也不封冻，冬日的严寒与蒸腾的水汽营造出江水两岸的雾凇景观，堪称一绝。奔腾千年的松花江，见证了东北大地的风雨沧桑。

所有的大江都不只是大江，更是无数故事的载体。在松花江的故事中，能够看到自然的伟大与神奇，也能看到人与自然之间的互动共生，还能看到东北人民的自然家园和精神家园。

# 02

## 松花江畔的雾凇奇境

全世界大多数文明发源和发展于大江大河之畔，在长白山脉向松嫩平原过渡的松花江畔，坐落着一座与吉林省同名的城市——吉林市。择水而建的吉林市曾经是吉林的省会，是东北地区历史最悠久的城市之一。

**四面青山三面水，一城山色半城江**

早在 2000 多年前，中原的西汉时期，从东北地区的第一个政权夫余开始，王城便落在吉林市，后被高句丽灭国（不是高丽王朝），成为北方重镇。在那时，吉林市便有了厚重的奠基。

清代的吉林城[①]更是再次迎来发展高峰，成为“东北第一雄镇”，康熙和乾隆曾数次巡视，乾隆皇帝曾留下《驻吉林将军署复得诗三首》，对这片人杰地灵的龙兴之地赞美有加，诗中写道：“城临镜水沧烟上，地接屏山绿树头。”

松花江绕城而过，上游接长白山，下游面向松嫩平原，串联松花江、乌苏里江和黑龙江，水运便捷，绝佳的地理位置让其成为造船、木材交易、战略物资运送的重要航运枢纽。吉林城是清王朝的圣山祭祀之地，是长白山区的木材交易中心，是清朝抗击沙俄的军事中心，也是东北地区的

① 吉林城曾是一座木城，有“木都”之称。

↑
吉林雾凇

行政中心和文化中心。

江边桥头的城标——一位奋力拼搏的摇橹人，他既是松花江边打鱼的渔民，又是往来穿梭运送物资的船工，他代表了在沙俄炮火中勇往直前的水师士兵，更是开拓进取、勇往直前的现代船厂人的象征。

**丰满水电站丰富的水资源**

吉林市由江而来，沿江而走，倒“S”形的河道将市区划分为三个部分，松花江流域面积高达 84%[①]。松花江、拉林河、牡丹江 3 个水系形成了密集的水网，蕴藏着丰富的水力资源。

得益于得天独厚的水利资源，吉林市拥有丰满、红石、白山三大梯级水电站。其中始建于 1937 年伪满时期的丰满水电站因其位于吉林市丰满

---

① 数据来源于吉林市人民政府 http：//wza.jlcity.gov.cn/esd/zt/qtzt/fbspxjlswzyksgccs/zxxx/201706/t20170625_217554.html

← 吉林雾凇岛

← 乌拉古渡

区而得名，当年建成时号称亚洲最大的水电站，发电量高达 18 万千瓦时。

### 一江寒水清 · 两岸琼花凝

雾凇岛位于吉林市龙潭区乌拉街满族镇，是松花江上的一个小岛，由于独特的地理环境，在冬天里常常被雾气笼罩，这里的雾凇洁白如玉，又格外厚重，持久不落，雾凇岛的美名由此而来。上万只野鸭鸿雁栖息在岛上，伴着银凇红日，美景最为奇绝。

雾凇岛的雾凇极负盛名，规模宏大、形态各异。冬季的清晨，当太阳升起时，雾气缭绕，整个岛屿仿佛被笼罩在一层薄雾之中，远处的山峦若隐若现，近处的树木披上了洁白无瑕的霜花，晶莹剔透。随着太阳初升的光线登陆雾凇岛，在折射和反射作用下，高高悬挂的雾凇呈现出璀璨夺目的光泽，映照着宁静的冬日银装素裹。

雾凇岛雾凇的形成与当地的气候条件密切相关。冬季气温较低，且经常有冷空气南下，与暖湿气流相遇，形成雾气；同时，由于岛屿四面环水，湿度较高，空气中有充足的水汽。

除此之外，雾凇岛地势低于吉林市区，岛上密集的树木为雾凇的附着提供了良好的条件。足够的低温和充沛的水汽，使空气中过冷的水汽遇到冰冷的树枝便迅速凝华，直接变为固态的雾凇。

雾凇这样的“神仙之作”为何独独钟爱吉林？水文学和生态学联袂对此给出了科学的解释：丰满水电站在上游蓄水，用于发电的松花江水由坝底向下游倾泻同时释放势能转化为电能，由于水电站坝前库底的水温即使在冬季也“高达”4℃[①]，这些高密度水流滚滚而下时形成了几十里冬季不封冻的松花江段。流淌的 0 ~ 4℃的液态水与吉林本地冬季 -20℃的气温相激，蒸腾的雾气尽数凝结到树枝上形成美丽的霜花。这种冷凝现象带来的气象景观被称为“雾凇”，当地人称之为“树挂”，显得尤为贴切。两岸雾凇弥漫，目之所及皆是茫茫一片。

雾凇岛的理想观赏期是每年 12 月下旬到次年 2 月底，冬季几乎天天有树挂，有时好几天都不掉落。每天最理想的雾凇拍摄时间是上午 7 点至 10 点，素有“夜看雾、晨看挂、待到近午看落花”之说。

---

① 4℃的水密度最高，因此对淡水水体而言，只要水足够深，下部的水体温度会稳定在4℃。而水库在坝前的水深大多在 50 米以上，出坝后的水相对东北冬季的气温而言必然是高温水体。

03

# “三花一岛”原产地——松花湖

在吉林市境内的松花江之上，坐落着丰满、红石、白山三大梯级水电站，水电站的修建形成了自然与人工相结合的峡谷湖泊景观，烟波浩渺的松花湖、水面悠长的红石湖、层峦叠嶂的白山湖共同构成了“三湖连珠”。

**丰满大坝·成形松花**

松花湖是三湖中形成最早的人工湖，又名丰满水库，其形成得益于丰满大坝[①]的修建。丰满大坝可谓是三个大坝中最亮眼的存在了，长1080米，高91米，装机容量55万千瓦时，建成时创造了“亚洲之最”，享有“中国水电之母”的称号。丰满大坝将松花江拦腰截断，在其上游形成了一个巨大的人工湖，也就是被冠以“松花”之名的松花湖。面积达500平方公里的松花湖曾是我国最大的人工湖，同时也是国家重点风景名胜区。

群山环抱中的松花湖形状狭长，长达200多公里，而最宽处仅约10公里。湖面烟波浩渺、万顷一碧，青山对峙、山影浑沉；风平浪静之时，如同山水画一般宁静。著名诗人贺敬之在游览松花湖后赋诗：“水明三峡

① 丰满大坝2019年拆除，在下游120米处建新坝，坝长1068米，坝高94.5米，总装机容量148万千瓦。

↑
松花湖风景名胜区

少，林秀西子无。此行傲范蠡，输我松花湖。”

松花湖沿岸分布着面积达 21 万公顷的森林，其中有水曲柳、白桦等天然林，也有红松、白松等人工林。湖区的水源涵养林和水土保持覆盖率达 70% 以上，形成了特有的秀丽景色：春季繁花竞放，充满生机；盛夏绿树成荫、鸟鸣幽谷；深秋层林尽染，色彩斑斓；隆冬银装素裹，冰面如镜。松花湖畔，在此栖息繁殖的野生动物多达 140 种，为湖区增添了无限生机。

基于松花湖别具一格的自然景观，建立了以“水旷、山幽、林秀、雪佳”为主要景观特色的松花湖风景名胜区。从松花湖丰满码头到湖区，散布着五虎岛、卧龙潭、骆驼峰、凤舞池、石龙壁、摩天岭、额赫岛等 11 个景区。

吉林省不仅是“世界黄金水源带”“黄金玉米带”，还位于“冰雪黄金纬度带”，北纬 40° ~ 45°（也有 43° ~ 44°等说法）是世界公认的粉雪基地分布带——欧洲的阿尔卑斯山、北美的落基山，日本的北海道地区，以及中国的吉林省都在此纬度范围。在松花湖畔，大青山北麓，不得不提松花湖滑雪场。这里松软细腻的粉雪，雪质极佳，加之冰雪期长、降雪量大；还有便利的交通与齐全的配套设施，拥有 33 公里长的多变雪道，初级、中级、高级滑雪道 43 条，初级雪道 20 条，吸引着全国的滑雪爱好者，尤其对初学者十分友好。在吉林省，除了松花湖滑雪场，长白山万达国际滑雪场、北大湖（壶）滑雪场、长白山鲁能胜地等滑雪场都是亚洲顶级雪场。

三花一岛·招牌名肴

松花江上自古以来就有以江水煮鱼招待贵客的习俗，集松花江“三花一岛”四种名鱼于一席的鱼宴至今仍被人们视为上等佳宴，享誉全国。三花一岛是指产于松花江上游松花湖的鳌花鱼、鳊花鱼（边花鱼）、季花鱼（吉花鱼、鲫花鱼）和岛子鱼，现已成为松花湖最具特色的招牌名肴。

↑
松花湖四季景色

鳌花鱼是“三花五罗”中最名贵的鱼，这与鳌花鱼的生活品质有着密不可分的联系：鳌花鱼对于水质有着极高的要求，喜欢栖息在水体清洁、透明度较好的微流水水域；它们以鲜活的鱼虾为食，而在享用这些美食后，会巧妙地吐出鱼刺和虾壳，只将鲜美的肉质留在腹中。与其他鱼类不同的是，鳌花鱼不仅没有鱼鳞，而且没有细刺，只有一根主骨刺，肉质细嫩紧实，吃鱼的时候也不用担心被鱼刺卡住。鳌花鱼别名“鳜鱼”，由于“鳜”与“贵”同音，传递了吉祥美好的寓意，鳌花鱼在美食爱好者中备受推崇，成了美食老饕餐桌上的常客。在各大菜系中，都能看到鳌花鱼的身影——苏州名菜“松鼠鳜鱼”，徽菜头牌“臭鳜鱼”……集众多优点于一身的鳌花鱼可谓是名副其实的“贵族鱼”。

鳊花鱼，学名长春鳊，是一种在外形上与武昌鱼十分相似的淡水鱼类。尽管鳊花鱼的体积并不算大，但拥有丰富的脂肪含量；即便如此，鳊花却有着“肥而不腻”的口感。这主要得益于其脂肪主要分布在肌肉组织中，鳊花鱼肌肉中的脂肪含量高达13%，由此带来了独特的口味。东北人把鳊花鱼视为滋补佳品，无论是处于生病康复期或是妇女产后坐月子，都喜欢喝鳊花鱼汤。

季花鱼，也称花骨鱼，隶属于鲤形目鲤科䱻属。季花鱼体形修长，呈现银白色，隆起的背部覆盖着密集的黑色斑点，这正是其名字中“花”字的由来。花䱻鱼是常见的底层鱼类，通常在中下层水域活动。饮食方面，花䱻鱼主要以水生昆虫和软体动物为食，偶尔也会捕食其他小型鱼类。这种杂食性的饮食习惯使其能够适应多变的环境条件，从而在自然生态系统中占据了一席之地。

岛子鱼又名白鱼，少刺多肉，细嫩鲜美。自古以来松花江上的渔民们便以甘甜可口的松花江水煮白鱼款待贵客。1750年，乾隆皇帝东巡吉林时品尝了“清蒸白鱼”，称其为“关东佳味”。1754年，乾隆皇帝再次东巡小白山时，恰逢生日。在“万寿节”圣宴上，吉林乌拉“清蒸白鱼”得到了乾隆皇帝的称赞。此后，松花江白鱼便被列为贡品年年进献，名噪四方。有

↑
松花湖渔歌

↑
开江仪式

道是“松江岛子并三花，名动关东万里遐。昔日天香唯御膳，今朝美味遍湖家”。

文武开江·冰水交响

随着季节的转换，四五月份时，松花江的冰层开始逐步消融，化为无数的冰排，沿着水流滚滚而下，呈现出壮观的开江景象。

开江的过程分为文开和武开。在文开阶段，冰块会静静地裂开，轻轻漂浮在水面上，此时江面上会出现“半江春水半江冰”的独特景象，吸引

众多垂钓者和捕捞者前来捕捉开江后的新鲜鱼虾。

随着气温的进一步升高，松花江似乎等不及冰层慢慢融化，随即进入更为激烈的武开阶段。此时江面的冰层会突然爆裂，形成的巨大冰块如同地震带上的板块，在江水和大风的作用下相互碰撞、挤压，有时甚至能形成一丈高的冰墙，奔腾咆哮地冲向岸边，场面震撼人心。在武开期间，江水中的鱼会被冰排裹挟挤压。这时当地居民便会像赶海一样，凿开岸边的冰排，捡拾这些冰鲜鱼作为开江鱼宴中的珍馐美味。

04

# 松花江上小江南
# ——红石湖

沿松花湖逆流而上约180公里，就来到了松花江三湖的第二个湖——红石湖。红石湖位于桦甸市的红石砬子镇境内，是红石水电站拦截松花江水而形成的人工湖，也是继松花湖、白山湖之后，松花江上形成的第三个人工湖。

**红石湖的前世今生**

红石水电站始建于1981年，位于红石林区的骆驼峰下、第二松花江百里险滩的下段，也是松花江梯形电站的第二阶梯。红石水电站建成后，随着水库的蓄水，原本的红石河被截流，红石河上游的水流汇聚形成了现在的红石湖。红石湖水域并不辽阔，虽比不上白山湖的宽广壮丽，但山峦、森林、湖水很自然地融为一体，处处透着山水的灵秀，素有“东北第一狭湖”“松花江上小江南”之美誉。

**两湖一岛·风景独好**

红石湖是一个典型的高山峡谷型水库，承接来自上游白山湖的湖水流向下游的松花湖。红石湖西岸高山连绵，森林茂密，近处有鸡冠砬子峰，中处有骆驼砬子峰，远处有影壁峰；由柞树、桦树、榆树、黄波罗、胡桃

↑
红石湖春色

↑
红石湖

↑
红石湖雾凇

楸、落叶松等树种构成的天然次生林为红石湖营造了良好的森林植被生态环境。

湖面呈三角形的高兴湖位于红石湖上游东北部，是红石大坝合龙蓄水水满外溢而涌出的一个岔湖。高兴湖与红石湖一水相连，互为贯通，又被称为红石湖的“连体湖”。高兴湖以“鱼肥”而名扬内外，湖中盛产“三花一岛”。

江心岛位于松花江桥下游，岛上土地肥沃，绿树成林，岛中建有一座金山亭，红柱黄瓦，气派不凡。远看酷似一只有头有尾的巨龟凫于水上，每到金秋时节，岛上的树叶泛着金光，当地人又称其为“金龟岛”。

**寒江雪柳·红石雾凇**

松花江沿岸因风向和江岸走向的差异，不同时间会在不同的地段形成雾凇。除了雾凇岛（韩屯和曾通屯）雾凇观赏带之外，红石湖的雾凇也是一道独特的风景线。白山发电厂水能资源十分丰富，即便是冬季也能够持续发电，因而红石湖在冬季水温经常保持在 2 ~ 4℃。如遇低温天气，水汽凝结在两岸树木上，银装素裹，就形成了延绵 38 公里的天然雾凇观赏带。

**珍稀物种·繁衍生息**

随着红石林区生态环境的不断改善以及森林公安、野生动物保护部门保护力度的不断加大，在林区已经绝迹多年的大鵟、金雕、天鹅等国家一、二级重点保护野生动物也时常出现在视野当中，越来越多的珍稀物种来到红石林区繁衍生息。每年初春时节，有着鸟类“活化石”之称的中华秋沙鸭会来到红石湖下游觅食栖息。自 2016 年有观测记录以来，中华秋沙鸭已经连续九年到访红石林区水域，该区域记录到的中华秋沙鸭数量也从最初的几只增至五六十只。2024 年 7 月，红石湖水域出现了 8 只中华秋沙鸭幼崽的身影，这标志着这一国家一级保护动物在当地栖息的种群在不断扩大。珍稀物种的出现是红石湖的生态改善的有力见证，折射出了松花江高质量发展的生态底蕴。

## 长白山下第一湖
## ——白山湖

沿红石湖逆流而上约 50 公里，就来到了松花江三湖中的第三个湖——白山湖。镶嵌在长白山余脉崇山峻岭之中的白山湖，位于吉林省桦甸县白山镇，由白山水电站大坝拦截松花江水所形成的人工湖，因风光秀

↑
白山湖晨雾

美有着“长白山下第一湖”之称，又有“北方漓江”之美誉，森林覆盖率达 98%，是目前北方生态系统完整的原生态高海拔森林湖泊。

三县交界·两江汇合

群山环绕间，白山湖宽广辽阔的水面连接了抚松、靖宇、桦甸三县，位于三县交界处的白山湖是松花江流域一个重要的地理节点，头道松花江与二道松花江就在此交汇。发源于长白山南麓的漫江沿途接纳了锦江、汤河、松江河、蒙江、那尔轰河等河流，汇集成头道松花江；而发源于长白山天池的二道白河沿途汇集头道白河、古洞河、露水河等河流形成二道松花江。松花江上游“头道江”与“二道江”在白山湖汇合，所形成的庞大的水系绕山而行，绵长百余公里，如蛇行于山间，故称“龙”湖。

↑ 1 白山湖淞情　　↑ 2 白山湖雪韵

气势磅礴·湖光山色

白山湖码头旁，高耸的平顶山巍峨矗立，平顶山一带曾是通往长白山密林深处的唯一水上要道，当年，这里航运木排川流不息，地理位置十分重要。现在，此处是白山湖景区的制高点，云雾时常萦绕其间，是摄影爱好者拍摄白山湖全景的理想之所。坐落于白山湖畔的紫云阁又名望江阁（历史上曾是木质结构，是对清朝的望江阁的复建），是一座仿清朝风格的精美建筑，由一层地下室和四层楼阁组成，顶层覆盖着半圆形的宝顶。

站在紫云阁上，可以饱览白山湖气势磅礴的宏伟景致，感受一眼望穿三江交汇所带来的视觉冲击。如今，紫云阁已成为白山湖的标志性象征。

↑
白山湖秋色

物产丰富 · 生态宝库

白山湖作为吉林省商品鱼生产基地，盛产红鲤、花鲤、白鲢、鳊花、鳌花、池沼公鱼等十几种鱼类，年总产量近千吨。其中占据绝对优势的池沼公鱼每年加工量可达 500 吨，成了白山的骨干产业并远销海外。池沼公鱼并不是白山湖的本土鱼类，20 世纪 80 年代，池沼公鱼曾作为白山水电站库区鱼类的食物引入白山湖，但没有想到的是，池沼公鱼不仅在白山湖扎稳了脚跟，而且成了“松花江的王者”。

尽管池沼公鱼没有强壮的体魄和锋利的牙齿，但它们却拥有惊人的繁殖能力。一条小小的池沼公鱼每次产卵量可达上万枚，这种惊人的繁殖力使它们在与其他鱼类竞争时，总能稳固地占据一席之地。

池沼公鱼被誉为“松花江的王者”，除了繁殖能力惊人之外，其幼鱼以其他鱼类的卵为食，导致其他鱼类数量减少，从而使池沼公鱼在种群中占据了绝对优势。池沼公鱼口感独特，没有其他鱼类的鱼腥味，浑身晶莹发亮，散发着浓郁的鲜嫩黄瓜的香味，因而又被称为“黄瓜香”鱼。雌性池沼公鱼肚子里包含了丰富的鱼子，高蛋白、低脂肪，富含钙质，特别适合骨质疏松的人群食用。

美丽的白山湖水美鱼肥，白山湖两岸的生态系统较为完整，自然环境复杂多样，植物种类丰富多彩，可谓是一座天然的生态资源宝库：这里的地下蕴藏着丰富的矿藏，林海里栖息着黑熊、獐、狍、野鹿、狐、飞龙等珍稀的野生动物，山林间生长着人参、天麻、贝母、灵芝等名贵中草药材，此外漫山遍野的山葡萄、猕猴桃、五味籽是酿制饮品的天然原料；五光十色的食用菌猴头、松茸等风味独特，出口到国外的山野菜倍受欢迎。正所谓“长白山卧珠藏宝，松花江流金淌银”。

## 百里红叶·百洞奇观
## ——拉法山

蛟河市因松花江的一级支流蛟河而得名，境内的拉法山以森林景观为主体、天然岩洞为骨架、瀑布溪水碧潭为脉络，形成了百洞奇观与百里红

↓
拉法山四季

↑
雾锁拉法山

叶，素称“关东第一奇山”。

### 历经亿年·地质奇观

拉法山因岩石裸露而在当地俗称为“拉法砬子”。拉法山高886米，不足千米，但其与周围的山均不相连，从平地直接拔地而起，兀然傲立。拉法山以洞奇闻名于世，曾是道家的修炼之地，素来民间广为流传拉法山的传说故事。俗话说“山不在高，有仙则名”。如此奇特的地质奇观必将与民间传说相伴，蛟河的来历便与这“洞中之王”——穿心洞有关，在此修炼成仙的纪小堂在降服黑鱼精时撞出一道沟壑，霎时波翻浪涌，这便是蛟河的来历，因此通天洞也称“纪仙洞”，又有长眉大仙与穆桂英的民间故事，因此洞内塑有长眉大仙像。

说回地质奇观，拉法山的岩洞可分为五层。第一层岩洞海拔为720～780米，共11个，主要代表有通天洞、悬羊洞、穿心洞、塔洞及背阴洞等，这些洞穴形成最早，规模较大，大约有一亿年的历史；第二层岩洞海拔为660～700米，共8个，主要代表有向心洞、新洞及眠洞等，这部分的洞穴规模发育为中等大小，有几千万年的历史；第三层岩洞海拔为510～590米，共7个，以太极洞、太和洞和圣水洞为代表，这层岩洞形成较晚，规模较小，只有几百万年的历史；第四层岩洞海拔为440～460米，只有两个洞穴，分别为朝阳洞和天生桥洞；第五层岩洞海拔为355米，仅有一个，为同心洞。同心洞处在潜水面附近，是由地下水冲蚀形成的洞穴。

### 洞中之王·雾气弥漫

拉法山素有“七十二洞”之说，但事实上，拉法山的洞远不止于此。除人工开凿的正心洞外，现已发现的各种天然洞穴就有上百处。而在这上百处天然洞穴中，雾气弥漫的穿心洞被誉为拉法山的“洞中之王”。穿心洞长约60米，平均宽约15米，高达13米，洞内可容纳上千人，面积足足有800多平方米。穿心洞三面贯穿山峰，有东、西、南三个洞口，大小不一，各有特点：东洞口凌驾于绝壁之上，两侧是万丈深渊，是赏日出的绝佳之处；西洞口是登顶的必由之路，是赏落日的绝佳之处；南洞口可以远望云海，也是从山下进入穿心洞的入口，上方是如刀削般高耸入云的崖壁。穿心洞有一个奇特之处：每到雨后，从洞口就会冒出滚滚浓雾，在阳光的照射下奇幻无比，故此洞又名云光洞。穿心洞内，雾气虽然弥漫整个山洞，但洞内石壁并不潮湿，且十分干燥，雾从何来令人称奇。

**独树一帜·别有洞天**

在吉林省内尚不大为人所知的拉法山早已在我国地质领域占领了多个第一。拉法山洞穴中的气泡洞便是其中之一。作为国内独有的大气泡洞，洞长22.2米，宽3.4米，高2.5米，海拔754米。气泡洞的形成是地下岩浆受到较大压力，喷出地壳时由岩浆内部包裹的气体冲击喷射而形成的特殊洞穴。当岩浆运移到地下一定深度时，开始冷凝结晶形成岩石。当岩石形成后，气泡中的气体逃散形成气泡空洞。气泡洞是原始造山运动形成的特殊洞穴，具有特殊的观赏价值和地质科研价值。小气泡洞并不稀

↑
漫步红叶谷

奇，而大气泡洞就罕见了。拉法山气泡洞的发现，填补了中国地质发现的空白。

层林尽染·红色海洋

秋天拥有四季中最绚丽的色彩，而吉林的秋日更加美丽。望不到边际的彩林透露着东北的豪气，丝毫不亚于西北的美艳。蛟河红叶谷的红色海洋就是吉林的秋天最美的模样。蛟河红叶谷是长白山余脉老爷岭中的一条山谷，位于拉法山国家森林公园的庆岭风景区。这里山势俊秀，林木茂盛。春有绿野，夏有飞瀑，秋有红叶，冬有冰雪。山水绵延 100 多公里的红叶林与白桦林各有独特的风韵，装点出美丽多姿的风光画卷。每年的 9 月末到 10 月中旬，全国各地的游客来这里追寻一场限时十多天的火热秋景。蛟河红叶谷的秋与萧瑟并无半点关联。漫山遍野的红呈现在眼前，使枫树全部的生命力都燃烧了起来。每到深秋霜降时节，山谷层林尽染，红叶树与白桦林红白相映，妙趣天成。

↑
红叶谷秋色

### 红叶艳丽的秘诀

全长 50 多公里的红叶谷从庆岭镇的解放村，一直延伸到松江镇的沿江村。每年的金秋季节，这里红叶满山，如同落霞，非常壮观。《中国国家地理》认为这如凝血一般的殷红永远是长白山在秋日里最为吸引人的颜色。

除规模宏大以外，红叶谷长达半个月的红叶观赏期也是红叶谷与众不同的特点。纬度高、霜期长是这里红叶色彩艳丽的原因所在。首先，红叶谷的霜期比较长，红叶经受霜冻的时间更长；红叶在霜的点缀下变色，色彩也就更加鲜艳。其次，红叶谷地处北纬 43° 长白山余脉和松花江流域的交汇地带，红叶的树种多达 10 余种，不同的树种对霜冻的反映不同，形成了火红、橘红、深红、紫红不同程度的红叶。最后，红叶谷森林植被呈垂直分布，阔叶林、针阔混交林、针叶林到岳桦林错落有致，不同树种对霜冻的抵抗能力各异，一些植物具有较强的耐寒性，能够在低温条件下正常生长，在红叶形成期间还有绿色叶子共存。由此形成了红叶谷色彩斑斓的独特景观，当地人习惯地把这里称为“五花山”。

### 英雄含泪·壮烈悲歌

红叶谷不仅美在自然，也美在一段壮士扼腕的历史风云。早在清光绪年间，在戍守边疆的吉林八旗子弟兵中流传着一首小调：“边关秋月圆有朗，戍边人儿思故乡，故乡有个红叶谷，谷中小路弯又长。”当时抗击沙俄的著名将领杨凤翔将军听后非常感动，发誓击退敌军后，一定要到红叶谷去看醉人的红叶，感受祖国山河的壮美。清光绪二十六年，杨凤翔将军在与沙俄的一场激战中英勇牺牲，又遭到腐败无能的清政府的污蔑，戍边将士悲愤不已。杨将军阵亡一周年时，回乡的八旗兵丁和死难者的家属聚集在红叶谷举行祭扫。红叶谷也因这一段壮烈的历史悲歌成为人们心中永远的记忆。

07

# 雁鸣湖湿地：候鸟迁徙的重要驿站

牡丹江的源头位于坐拥“一江十七河”的吉林敦化，在长白山之北的牡丹岭林海中，一股细流涓涓流动，与纵横的支流汇合，自西南向东北横穿敦化市区，流向黑龙江省宁安市，汇入我国最大、世界第二大的高山熔岩堰塞湖①——镜泊湖，随后蜿蜒北去，浩浩荡荡地流经因牡丹江而得名的牡丹江市，最终注入松花江，成为松花江的第二大支流。

**牡丹江上因电影而得名的湿地**

在距牡丹江源头 80 公里，镜泊湖上游 30 公里处，牡丹江形成了大小不一、星罗棋布的湖泊与湿地。在众多的湖泊与湿地中，有一个湿地因电影而得名并被人所熟知，这便是雁鸣湖。

1974 年，根据张笑天同名小说改编的电影《雁鸣湖畔》登上大荧幕。电影中所呈现的秀丽的山川景色、淳朴的乡土民情以及女知青蓝海鹰作为赤脚医生的故事，使这个原本没有名字的湖泊就此得名，故事的发生

① 堰塞湖：由火山熔岩流活动堵截河谷，或由地震活动等原因引起山体崩塌堵塞河床而形成的湖泊。火山熔岩流阻塞河谷形成的熔岩堰塞湖主要分布在东北地区，镜泊湖是由火山喷发的玄武岩浆堰塞牡丹江河道而形成。

↑
雁鸣湖湿地之秋

地——大山咀子镇也因此改名为雁鸣湖镇。现如今，这个原本名不见经传的湿地湖泊摇身一变，成了国家级自然保护区。

雁鸣湖国家级自然保护区位于牡丹江上游，是牡丹江流域生态保护的关键：多样的湿地生态系统，是牡丹江上游重要的水源涵养林，是蓄水防洪的天然“海绵”，具有巨大的调蓄洪峰、涵养水源、净化水质、调节气候等生态功效；这里更是中华秋沙鸭、黑鹳、东方白鹳、丹顶鹤等珍稀水禽重要的栖息地和东北亚地区野生东北虎迁移的重要生态廊道和潜在分布区。

候鸟迁徙的落脚点

雁鸣湖湿地处于东亚水禽的迁徙路线上，这里河流、湖泊、沼泽、湿地密布交织，多种类型的湿地和丰富多样的鱼类为候鸟提供了绝佳的停歇地。每年三月初春时节，成千上万的候鸟从远方飞来，在此栖息繁衍。候

↑
东方白鹳

↑
黑鹳

→
东方白鹳

鸟北归的同时，沉睡的东北大地也开始渐渐苏醒，迎接来自远方的客人。冰层碎裂成冰块，化为潺潺流水，经历漫长冬季的鱼类为风尘仆仆远道而来的候鸟们提供了美味佳肴。

雁鸣湖湿地不仅是候鸟迁徙的重要驿站，也是观鸟爱好者的天堂。在雁鸣湖湿地的南侧有一个自然形成的长条形岛屿，名为江心岛。来自千里之外的黑鹳、东方白鹳、丹顶鹤、中华秋沙鸭等珍稀水鸟自由自在地在这里或短暂停留，或栖息繁衍。黑鹳是世界濒危鸟类，目前全世界仅存2000多只，在中国有1000只左右，每年春、秋季节，迁徙的黑鹳群都会在雁鸣湖湿地出现。不只是黑鹳，从辽宁、鸭绿江口、朝鲜半岛迁徙的丹顶鹤也会在这里歇脚停留。每当候鸟迁徙时节，雁鸣湖吸引了全国各地的观鸟爱好者在此聚集。

**东北虎的生态廊道**

雁鸣湖保护区内主要植被为针阔混交林，次生群落为落叶阔叶林，其中红松针阔叶混交林占全区总面积的20.3%。得益于多样且复杂的生态环境，雁鸣湖保护区植被条件好，外界干扰少，是东北虎、梅花鹿、马鹿、原麝等众多大型珍稀动物栖息繁衍的良好场所。

对野生动物最好的保护就是为它们提供栖息的场所，一只东北虎雌虎活动的区域在450平方公里左右，各个孤立的自然保护区对野生东北虎种群保护而言仍显不足。通过为各个“孤岛”内的老虎建立“廊道”，扩大它们的交往机会，为种群交流繁衍提供便利，是东北虎保护工作的重心。

地处长白山脉张广才岭南麓的雁鸣湖作为东北虎的潜在分布区，如同一座桥梁，是连接哈尔巴岭与张广才岭的东北虎的重要生态廊道，也是东北虎克服牡丹江水域生态障碍，来往于张广才岭与哈尔巴岭的最佳地段。对于世界濒危物种东北虎的保护来说，雁鸣湖不仅对联系三个岛屿状分布区起着至关重要的作用，同时对于实现中、俄、朝三国联合保护战略而言，具有无可替代的战略价值。

08

## 吉祥花海·好运莲莲
## ——敦化六鼎山

“千年古都百年县”——吉林敦化有着“一江十七河”的称号。敦化拥有秀美的湖光山色，六鼎山位于敦化市南郊，牡丹江南岸，由北向南遥望，可见连绵起伏的六座山顶，由此得名“六鼎山”。六鼎山文化旅游区

↑
六鼎山

是吉林省第一家文化旅游区，集自然景观和人文景观于一体，形成了独具魅力的复合型文化景观。

**圣莲湖畔·好运莲莲**

敦化六鼎山的历史文化和自然风光构成了一幅独特的画卷，它不仅拥有丰富的人文资源，还融合了壮丽的自然景观，被誉为“文化胜境·度假天堂”。这一美誉充分体现了敦化六鼎山的双重魅力，既是文化探索的宝地，也是休闲度假的理想去处。

六鼎山莲花节作为景区的重要节庆活动之一，每年都吸引数以万计来自省内外的游客前来观赏荷花美景、品尝美食、感受文化。7—8月份圣莲池荷花盛开，呈现出一幅美丽的画面，荷叶翠绿如盘，莲花娇艳欲滴。漫步在木栈道上，可以感受到清新的空气和生机勃勃的美景。阳光透过荷叶洒在湖面上，波光粼粼，使得荷花的影子更加灵动。傍晚时分，月光洒在湖面上，幼鸟在荷叶间蹒跚而行，游鱼在绿波中嬉戏，水影绰绰，野趣横生。这样的景色不仅令人心旷神怡，也让人感受到了大自然的和谐与美好。

**吉祥花海·斑斓万千**

六鼎山的吉祥花海以其繁花似锦的品种和别出心裁的景观设计，化身为一处独具匠心的自然艺术世界。八月盛夏之时，万千花卉竞相绽放，色彩斑斓，香气扑鼻，宛如大自然的绚烂画卷在眼前徐徐展开。

六鼎山吉祥花海的设计十分注重细节与整体的和谐统一。从花海的布局到植物的选择，每一个环节都经过精心设计和考虑。设计师们巧妙地将不同种类的花卉进行搭配，使得整个花海呈现出丰富多彩的视觉效果；通过巧妙的布置，使得花海与周围的山峦、树木相互映衬，形成了一幅美丽的画卷。除了花卉之外，六鼎山吉祥花海的景观小品设计也别具匠心，不仅增添了花海的趣味性，还为游客提供了一个与大自然亲近的机会，提升了游客的游览体验，更彰显了对自然之美的敬畏与呵护。

这片花海不仅是一场视觉的盛宴，更是一首充满诗意与浪漫的赞歌。游客在此仿佛踏入了人间仙境，每一步都踏着五彩斑斓的花径，每一处风景都能触动人们内心深处的情感琴弦，让人陶醉其中，流连忘返。

09

# 长春的城市之源
# ——伊通河

江河无言，千百年来默默流淌，延续着生命的命脉，万物都与其息息相关。正如长江和黄河孕育了河姆渡文化、半坡文化，伊通河也孕育了左家山文化以及一座富饶美丽的城市——长春。

**长春“母亲河”**

伊通河古称一秃河、一统河、伊屯河、伊敦河，其名称为满语“yituula”音译，意为是“波涛汹涌的大河”。作为松花江二级支流，饮马河的支流，伊通河发源于伊通满族自治县哈达岭山脉青顶山北麓，流经伊通满族自治县、长春市、德惠市，一路向北，最后在农安县靠山乡汇入饮马河，奔向松花江，全长 343.5 公里，流域面积 8440 平方公里。

伊通河虽然流程不长、流域面积不大，但自新石器时代开始，就有人类生息繁衍。清朝时期的柳条边、大驿道、御围场等重大政策，促进了人口的聚集，清代晚期形成了伊通州，民国时期改设伊通县。伊通河不仅孕育滋养了因河得名的伊通满族自治县，还是吉林省省会长春市的“母亲河”。特别是位于伊通河中游的新立城水库作为长春的水源地，是长春周边库容最大的水库。早在 20 世纪 30 年代，在新立城水库修建前，来自

↑
伊通河

↑
新立城水库

↑
南溪湿地公园
←
伊通河上的成群野鸭

伊通河支流的净月潭便作为水源地养育着一代代的长春儿女。

自然的反噬

历史上伊通河沿河两岸林密如篦，水清见底，在清朝时期还承担起运送军粮、军火、辎重的航运重任。但随着河流沿岸人口的暴涨，伊通河的养分被不断吸食，地表植被大幅减少，由此导致泥沙增加、河床淤积，致使伊通河不复原始的模样。此外伊通河上游两岸农田的开垦使得沼泽水源被破坏，导致伊通河水量锐减。而新立城水库大坝的建成致使伊通河被拦腰截断，多数河道出现断流、干涸，有些河道只剩下一段浅浅的泥滩，其中的河水更是污染严重。

除了河道生态日益恶化以及断流之外，伊通河汛期经常泛滥成灾。从1865年到1985年，120年间共发生洪涝灾害38次，其中1985年的大洪水冲毁道路26万平方米，冲垮房屋1300多间，导致全市1.796万人受灾，直接经济损失达1049万元。自然的反噬使人们意识到自身活动对自然环境的负面影响，开始反思过去的种种短视行为。

**治理与重生**

为了治理水患，改变伊通河的面貌，1985年年末伊通河治理工程正式启动，1986年通过了《长春市伊通河综合治理规划》。2005年，长春市将伊通河生态建设工程确定为“城市建设一号工程”，“生态”二字首次写入伊通河治河史。2010年，伊通河“生命线、生态轴、景观带”建设启动，努力使伊通河建设成为长春城市安全的“生命线”、绿色宜居的“生态轴”、美丽长春的“景观带”。历经30多年来对母亲河的综合治理，如今的伊通河重新焕发生机。

位于伊通河上游的南溪湿地公园蒹葭苍苍，柳风荷香，成为东方白鹳等20多种野生鸟类迁徙的经停地；位于下游的北湖湿地公园水光云影、雁阵接天，船行碧波间，令人流连忘返；而位于中游的城市景观区，在“三区、五岛、十园”的总体建设规划下，沿河因地制宜建设了“往事如影”“月光如弦”“乐活如歌”三大主题区域，以及5个风景宜人的生态观光岛和10个风格不同的主题公园，集水生态、水文化、水哲学于一体，五岛十园蔚然大观。漫步于伊通河畔，生态长廊的美丽画卷呈现眼前，“生态长廊美如画，碧水清流润民心”。

10

# 从“长春水缸”到“长春之肺”——净月潭

在长春放眼东南，林海莽莽，起伏的群山绵延成纵横的山谷将一潭形似弯月的碧水环绕其中，这便是有着长春“城市绿肺”之称的国家5A级旅游景区——净月潭国家森林公园。作为“亚洲第一大人工林海”，在百余平方公里的土地上，森林覆盖率高达96%，拥有“绿海明珠、都市氧吧”之美誉，并以“净月神秀”之称位列“吉林八景”之一。

**供水源泉——“城市第一水缸”**

净月潭的开发始于20世纪30年代。1934年，为了解决城市用水问题，在原腰站屯一带的谷北端修建了一道550米长的大坝，截断了伊通河的支流小河台河；在三山之间蓄水，形成了如弯月的人工湖，因水质清澈，含沙净水映明月，取名为“净月潭”。

1936年1月，净月潭水源地正式向南岭水厂送水，占全市实际日供水量的62.5%，可谓是当时名副其实的“城市第一水缸”。在长达26年的时间里，它为城市提供了稳定的水资源，在城市发展中扮演着至关重要的角色。随着时间的推移和城市的扩展，新的水利设施——新立城水库的建设取代了净月潭的供水功能，净月潭成为备用水源地。1996年年底，

↓
净月潭

净月潭结束了其作为饮用水源地和备用水源地的历史角色，转型成为景观娱乐水体，结束了六十年之久的供水使命。

森林氧吧——“人工森林浴场”

今天的净月潭水深林密，是各种动植物的天堂，然而这些丰富的绿色资源并非自古有之，而是近现代人工造林的成果。20 世纪 30 年代，当净月潭的湖面形成后，为了净化水质、涵养水源、防止水土流失，80 多平方公里的汇水区被规划为林场，总计种植人工林面积达 8000 多公顷，浩瀚的人工林海堪称“亚洲之最”。树种涵盖樟子松、落叶松、红松、油松、赤松、云杉、冷杉及天然次生林、山杨、桦树、蒙古栎、糠椴和少量的杨树、榆树、胡桃楸等高等植物 550 多种，构建了多树种、多层次、多结构的完整森林生态体系，形成了独具特色的森林景观。

森林浴场作为净月潭的核心景区，以“天然氧吧”著称，每立方厘米空气含负氧离子高达4000 ~ 5000个，远高于市区的空气质量，使这里成了靠近市区徒步的最佳选择。全长16公里环潭分布的健身步道穿越高负氧离子含量的森林浴场区域，以“曲径通幽”的姿态时而穿梭林间，时而横跨水面。漫步林间，清新的空气、森林的绿意让人心旷神怡，仿佛走进了一座自然绿植博物馆。

**林海雪莲·冰凌花谷**

冰凌花，学名为侧金盏花，素有“林海雪莲”的美誉。每年冬末春初，在冰雪尚未消融的极寒季节里，金黄色的冰凌花顶冰破土而出，吮吸着融雪的冰水，为荒芜的土地带来春日的第一抹生机。冰凌花具有“朝开夕合”的特点，太阳升起时开放，夕阳西下之时又缓缓收拢，包裹得严严实实，以抵御风寒。

冰凌花的生长环境极为严苛，它只能存活在生态环境好、土质肥沃且具有充足光照条件的森林山沟向阳坡。净月潭景区内存在多处野生冰凌花

↑
冰凌花冰上盛开

谷，进入三月之后，一点点绿萼黄顶的花蕾悄无声息地破冰而出，像一朵朵绽放的“金盆”，在幽静的山谷里散发着芬芳。

两潭相望·潭水交融

吉林净月潭与台湾日月潭互为姊妹潭，相传天上的七仙女因思念人间生活，坐在天庭遥望凡间，一滴泪落在南方化作台湾的日月潭，一滴泪落在北方化作长春的净月潭。“南有日月潭，北有净月潭”，烟波浩渺的净月潭时刻遥望祖国东南的日月潭。2010年，在净月潭举行了“日月潭·净月潭”潭水互融仪式，当日月潭潭水缓缓注入净月潭中时，这两个美丽的姊妹潭紧紧地交融到了一起。

瓦萨传奇·蜚声国际

净月潭因优越的生态环境闻名于世，而瓦萨国际越野滑雪节的“落户”更是让净月潭蜚声海内外。瓦萨国际越野滑雪节（VasaLoppet）1922年起源于北欧，以纪念瑞典的开国国王古斯塔斯·瓦萨（Gustav Vasa），是世界上规模最大的越野滑雪赛事。2003年瓦萨国际越野滑雪节正式落户长春净月潭后，中国成了继瑞典、美国和日本之后第四个举办瓦萨国际越野滑雪节的国家。历经20余年的积淀，中国长春净月潭瓦萨国际滑雪节作为中国历史最久、规模最大，具有国际影响力的冬季体育赛事活动，已成为吉林省冰雪的“白金名片”。

随着中国长春净月潭瓦萨国际滑雪节的声名鹊起，瓦萨博物馆顺势而生。2011年6月25日落成的瓦萨博物馆作为国内唯一一家以瓦萨国际滑雪运动和传播滑雪文化为背景的主题博物馆，延续了瓦萨滑雪运动发源地瑞典的本土传统建筑风格，它记载了瑞典瓦萨滑雪的由来和长春瓦萨滑雪的引进、发展及成果，展示了越野滑雪的独特魅力。博物馆内陈列着上海世博会瑞典馆的达拉木马、瑞典皇室赠送的百年雪板、具有异域风情的特色服饰等，生动地讲述了瓦萨的传奇故事。

除了瓦萨滑雪节，净月潭还是多项国际知名体育赛事的举办地，作为国家级全民健身户外活动基地和国家体育产业示范单位，森林马拉松、山

↑
长春净月潭瓦萨国际滑雪节

←
瓦萨博物馆

地自行车马拉松、森林定向赛、帆板赛、龙舟赛等多项赛事和活动吸引了众多国内外游人参与。净月潭国家森林公园顺应游客需求以及旅游市场发展趋势，将森林资源与节事活动相结合，现已成为长春市消夏节和冰雪节的主场地，努力打造成为国际知名的旅游文化活动胜地。

11

# 被公园包围的城市——长春

长春这座作为“共和国长子”的城市，也不忘向世人展示着它的优雅，与南京、杭州、昆明并称为中国四大园林城市，以高达 42.17% 的绿化覆盖率在全国乃至亚洲城市中名列前茅。在长春，百余座城市公园构成了这座国家森林城市别具特色的城市森林生态系统。在这个巨大的生态系统中，分布着独特的生态资源：南湖公园的红皮云杉、胜利公园的黑皮油松、净月潭国家森林公园的樟子松、兰桡湖公园的火炬树、长春公园的郁金香……百余种植物不仅美化了公园环境与市容市貌，也对提升生物多样性及环境保护起到了重要作用。

**随处体验“公园 20 分钟效应”**

城市让生活更美好，公园让城市更宜居。一个城市拥有多少座市民公园、人均绿地面积的数量，这两个指标和人民生活的幸福感息息相关。

长春市园林绿化局 2021 年再次公布了一批新增公园，其中包含了 37 个市级大公园，149 个区级中小型公园以及 91 个带状公园，截至 2022 年长春市共计有 175 个公园，人均公园面积 13.13 平方米，在这样一座被公园包围的城市，想要体验“公园 20 分钟效应①”非常容易！

① “公园 20 分钟效应”来自一篇发表在《国际环境健康研究杂志》上题为“Factors associated with changes in subjective well-being immediately after urban park visit”（游览城市公园后主观幸福感立即发生变化的相关因素）的文章，该研究显示，公园游览显著提升了游客的心理健康水平。具体而言，研究参与者在公园游览前后，心理健康水平有显著的改善，其中包括情绪状态和生活满意度。

作为一座被绿色簇拥的城市，绿色是长春的自然底蕴，也是长春独特的发展优势。得益于出众的森林覆盖率，即便在一年中最炎热的7月，长春的平均气温也只有22℃，清爽宜人，可谓是夏日避暑的不二之选。长春的绿地系统，宛如项链一般串起了这一颗颗的明珠公园，其中尤以南湖公园、北湖公园、长春公园备受本地市民的喜爱。周末休憩的市民或三三两两、或携妻带子，漫步于市民引以为傲的这三座大型公园中，自如穿插在大城市的喧嚣与宁静之间，随手拍摄的每一帧图片都与家人共同融入了这一幅幅生动的花园长卷。

**全国第二大的市内公园——南湖公园**

占地约3600亩的南湖公园是东北地区最大的市内公园，同时也是全国第二大的市内公园，仅次于北京颐和园。其前身是始建于20世纪30年代伪满洲国时期的“黄龙皇家公园”，通过修筑拦河大坝拦蓄松花江水系伊通河支流水源形成人工湖，因河道神似一条腾飞的巨龙且河水浑浊而得名“黄龙”。新中国成立后，黄龙皇家公园更名为“南湖公园”，并沿用至今。

南湖公园是东北少有的以植物景观为主的自然生态公园，四季更迭，景色各异，每个季节都有它独特的韵味。秋叶是南湖公园特色景观之一，交织成色彩斑斓的画卷。每年的10月至11月初为最佳观赏时期，经过一次霜降，颜色达到极致。到了冬季，湖面结冰，公园化身冰雪的王国，冰灯闪烁，滑雪嬉戏，滑冰穿梭，狗爬犁和骆驼爬犁载着欢声笑语，偶尔还有美丽的雾凇悄然而至，为冬日的南湖公园增添了一抹色彩。

南湖公园不仅仅是一个供人们放松身心的乐园，更是一个融合了休闲娱乐、体育健身、水体观光及植物欣赏等多元功能的大型综合性公园。无论是垂钓于暖季的湖水中，还是在冷季的冰面上尽情嬉戏，抑或参与盛夏和初秋的灯会、民俗风情展等各类活动，南湖公园是自然与人文的交融，大幅提升了周边居民的幸福感。

↑
长春市南湖公园

←
南湖公园的芙蓉花盛开吸引了大量的鸟儿

↑
北湖湿地公园

**北国江南——北湖国家湿地公园**

北湖国家湿地公园仅从面积上就超越了东北其他城市湿地公园，目前是东北地区 No.1 的国家级城市生态湿地公园，也是东北地区首个以国际标准展示生态修复和可持续发展范例的湿地。北湖国家湿地公园将北国风光与江南柔情融为一体，旖旎风光有如江南水乡，不是江南却胜似江南。“一曲溪流一曲烟，九曲回荡似江南。”宋韵古风画舫穿行于湖面之上，颇有“舟行碧波上，人在画中游”的别样风雅。

北湖国家湿地公园堪称城市建设“化腐朽为神奇”的神来之笔。在公园建设前，这里曾是伊通河下游泄洪区、污水排放区和垃圾场，洪涝灾害频发、生态环境十分恶劣。自 2009 年以来，通过持续的生态治理，公园在市民的期待下终于华丽变身。基于“两区、三带”的总体布局，公园分为外河区和内湖区两部分。其中外河区以自然生境为主体，融合了自然景观、生物栖息、生态观光；而内湖区则以人的活动为主体，以原生池塘湿地生境保护为基础，融合景观游赏、科普教育、休闲娱乐等多样化城市服务功能为一体。“三带”包括城市休闲功能带、长岛生态过渡带、绿色生态隔离带，是天然与人工自然融合的城市园林范例。

↑
长春公园全貌

郁见长春——长春公园

另一座在长春城市化进程中华丽转身的绿地系统重磅成员就是长春公园。这是一座以郁金香为特色的城市森林生态公园，其前身为长春市第二育苗场（又名西安苗圃），此前由于遭受城市污水和城市垃圾的影响，一度杂草丛生、污水横流、垃圾遍野。1999 年，长春市政府作出提升城市人居环境建设的重大决策，将其改建后更名为长春公园，2000 年 9 月正式对外开放。

长春公园面积 66 公顷，采用自然、野趣、树木花草相结合的方式，融合了各式园林建筑与多种观赏性植物。其中郁金香是长春公园最有代表性的花卉。每年五月，长春公园的郁金香如约绽放，吸引大批游客共赴花开盛宴。

大家都知道“水是生命的源泉”，但却不知“水是园林之魂”。现如今伴随着清洁的水源，“走进公园、享受公园”已成为长春人最健康的生活习惯之一，除了上面的“三园”外，还有长春水文化生态园、长春奥林匹克公园、现代诗公园、长春德苑主题公园、南溪湿地公园等众多各具特色的公园，依托优质的生态资源和丰沛的水资源，分布在这座城市的大街小巷和房前屋后，为市民提供了绿色低碳、健康可持续的户外空间。

千里
界江
——鸭绿江

↑
鸭绿江神仙湾

在中国东北大地上，与松花江同发源于长白山脉的还有鸭绿江。这条波澜壮阔的河流，上抵“深山老林”，为沿岸居民提供生存供养，不同的文明在此交会；下通海路，中朝故事在这里上演。从古至今，它见证了无数故事的发生与发展。

这是一条发源于长白山南麓的大江，流经长白朝鲜族自治县、临江市、集安市以及辽宁丹东市，在东港附近汇入浩瀚黄海；这是一条分割中朝两国的界江，在两国边界自东北向西南流淌；这是一条书写英雄往事的大江，“雄赳赳、气昂昂，跨过鸭绿江”的豪情壮志使其家喻户晓。作为中朝两国的界江，鸭绿江是当年中国人民志愿军进入朝鲜的通道，也是两国军民共同抵御外来侵略的见证。

鸭绿江从天池[①]点滴成江，一路接纳二十几条支流向南流去，所流经

① 这个说法存在科学争议，因为鸭绿江有多个源头，其中之一位于朝鲜境内。但如果说鸭绿江发源于长白山脉，则毫无争议。

的长白朝鲜族自治县境内望天鹅火山的十五道沟峡谷是火山熔岩喷发流淌的灼痕。进而转向西北，流经的临江市和朝鲜隔江相望，莽莽苍苍的林海雪原深处，关东雪村松岭与老秃顶相邻。临江之上为鸭绿江上游段，两侧多峡谷险滩，陡峭谷窄，水流湍急。

鸭绿江支流哈尼河作为通化市的水源地，其源头哈尼湿地历经近万年的变化，成为长白山区森林沼泽和草本泥炭地的典型代表。通化市最高峰白鸡峰是通化市区的一道天然屏障，其峰顶的神秘天石与长白山天池一并成为长白山脉的两大自然奇观。介于敦化密山断裂带和鸭绿江图们江断裂带之间的龙岗火山群是中国玛珥湖最集中的火山区，在最高点四方顶子山俯瞰，龙湾镶嵌于密林之中，蔚为壮观。

此后鸭绿江干流再次改变方向，转向西南，抵达集安市，沿着鸭绿江畔，“绿色宝石”五女峰国家森林公园映入眼帘；4 个梯级水电站坐落境内，其中最负盛名的云峰水电站将澎

←
鸭绿江风情

湃的水能转化为万家灯火，同期建设的云峰大坝成了连接中朝的友谊纽带。处于世界“葡萄酒黄金纬度带”的鸭绿江河谷孕育了独特的山葡萄品种——“北冰红”，产出的北冰红葡萄酒自带着专属于 -8℃的集安风味。此后鸭绿江继续下行，进入辽宁丹东境内，下游河谷逐渐开阔，在低山、丘陵和狭窄的平原间穿行，到达丹东东沟时分为两支，最终注入黄海。

虽然鸭绿江在吉林省处于边缘地带，但无论是从地理视角还是历史视角出发，鸭绿江都值得大讲特讲。其实对于本书的重点——生态而言，正如“鸭”“绿”二字所承载的野生动物与绿水青山的意涵，天生丽质的鸭绿江也是一条名副其实的生态江河。

01

## 鸭绿江正源之争

《新唐书》称：“色若鸭头，号鸭渌水。”据《汉书》记载，鸭绿江古称马訾水。唐代史学家杜佑在《通典》中说，马訾水一名鸭绿江，水源出东北漠河白山，因江水颜色似鸭头之色而得名。从公元 8 世纪中叶开始使用“鸭绿水”这个名字，自元代起始名鸭绿江。

鸭绿江全长 795 公里，流域面积 6.19 万平方公里，我国一侧流域面积 3.25 万平方公里。主要支流有朝鲜一侧的虚川江、长津江、慈城江、秃鲁江、渭源江、忠满江等河流，我国一侧的浑江、蒲石河、瑷河等河流，其中以我国的浑江为最大。在众多支流中，到底哪一条是鸭绿江的源

↑
鸭绿江上神龟湾

头？尽管绝大多数书籍将长白山认定为东北“三江源[①]”的源头，但事实真相还有待科学地考证。

从科学角度来看，确定河流发源地时主要考虑的因素包括河流长度、流域面积、河流流量、发源地海拔以及历史习惯等。理论上，源头标准需要同时具备以上认定条件，然而在现实中几乎不存在这种情况，因此，大多数河流源头的确定采用的是“河源唯远”原则，即河流源头是这条河整个流域中最长的支流的源头，还需要满足一个前提——这个源头一年四季都是有水的。相比流域面积、河流流量而言，河流长度更具有稳定性和可观测性。此外，按“河源唯远”的原则确定河流的源头，

① “三江”指松花江、图们江、鸭绿江。

在大多数情况下也包含了水量和流域面积等因素[①]，因而这一原则得到了广泛的认可。

就鸭绿江而言，鸭绿江上游共有三条较长支流，基于“河源唯远”的原则，对鸭绿江各大支流进行比较：位于中朝边界来自长白山天池源的一支，这一支常被视为鸭绿江干流，来自天池源的干流到长津江、虚川江两条支流汇入地——长白朝鲜族自治县的长度为 111 公里；位于朝鲜境内的长津江，发源于盖马高原上的黄草岭，全长约 261 公里，长津江上的长津湖，因为朝鲜战争的长津湖战役而出名；以及位于朝鲜境内虚川江，虚川江发源于赴战岭山脉，全长 210.7 公里。

从历史习惯认知看，无论是中国还是朝鲜，都认为长白山天池为朝鲜半岛第一大河鸭绿江的源头。纵观各大河流源头，包括岷江、金沙江在内的很多水系的干支流划分都是由于人类认知有限导致的[②]。抛开历史习惯认知，从科学角度来看，鸭绿江的正源应为完全位于朝鲜境内的虚川江，同时，除了河流长度外[③]，虚川江在流域面积和流量上相比长白山天池源头都更占优势。但从国别的角度看，我国部分学者把长白山天池作为源头也是可以理解的。

---

① 根据实地考察，长度长的河流的水流量一般也大于长度短的河流的流量。例如，在长江源区，当曲的长度和流域面积大于沱沱河，而当曲的水量也是沱沱河的五至八倍；在黄河源区，卡日曲的长度大于玛曲，卡日曲的水量也大于玛曲（卡日曲的水量大约是玛曲的两倍）；在澜沧江源区，扎阿曲的长度大于扎那曲，扎阿曲的水量是扎那曲的四至五倍。

② 岷江水系被划为支流的大渡河无论长度还是径流量都远大于乐山大渡河口以上的岷江干流，但由于岷江干流开发较早，而穿越山区的大渡河在古代并没有进行过全面测绘，“流经都江堰的就是岷江干流”这一说法早已经深入人心。松花江水系北源嫩江无论流程还是径流量都稍大于南源向西流的松花江，因为西流松花江地区开发较早，在金、元时期就曾被测绘，所以松花江发源于长白山天池已经成为地区文化的一部分。

③ 虚川江源头到入海口的长度为：795 公里（鸭绿江的官方长度）-111 公里（天池到长白朝鲜族自治县的长度）+210 公里（虚川江的长度）=894 公里。这个长度要超过官方以长白山天池为源头的鸭绿江的长度将近 100 公里。

02

# 惊涛骇浪中的生态图景
# ——鸭绿江放排

鸭绿江沿江地区气候湿润，四季分明，充沛的雨水不仅滋养了大地，也为树木的生长提供了得天独厚的环境，形成了茂密的森林。作为野生动

↑
鸭绿江

物的重要栖息地，野猪、狼、虎、豹、熊和狐狸在森林中繁衍生息，雷鸟、雉鸡等鸟类在树林间穿梭，欢快地歌唱着，为这片森林增添了生机与活力。

除了多种多样的野生动物之外，鸭绿江放排是鸭绿江上另一道亮丽的风景线，作为传承千年的独特的非物质文化遗产，同时也是鸭绿江流域的生态价值的体现，而今则成了鸭绿江上的文旅新体验。

**古老而远去的桴运**

放排，又称桴运，源自春秋战国时期，是一种古老的借助水流运送木材的方式。生活在鸭绿江、浑江流域的古人，他们利用大自然的力量把长白山优质木材以流筏的方式运出山外，这就是放排。由于大多数木材比重小于水，能够浮于水面，因此让木材沿江顺流漂到下游对于木材运输而言是最省力、最方便的办法，这一水上运输方式体现了古人的智慧。早自汉唐时期，

↑
鸭绿江放排

↑
鸭绿江放排

近到解放初年，长白山的优质木材以放排的方式从上游运输到下游，渡江跨海运抵中原，成了构建宫殿、佛塔、船坞、豪宅大院的原料。放排不仅可以降低运输成本，而且无须把木材截断运输，保证了木材的完整性。

沙皇掠夺下的生态悲歌

20 世纪初，沙皇俄国利用在中国东北攫取的特权，企图独霸鸭绿江流域的森林资源。日本不甘示弱，在朝鲜成立了“义盛公司”，通过经营鸭绿江木材生意与沙俄竞争。1904 年 2 月至 1905 年 2 月，日本与沙皇俄国为争夺中国东北和朝鲜半岛的控制权，在辽东半岛开战，日俄战争就此打响。战争结束后，日本对中国和朝鲜的侵略更加肆无忌惮。日本人在安东开办了军用木材厂，对鸭绿江沿岸的森林开始了掠夺式的采伐。1908 年，在战争中尝到了甜头的日本又逼迫清政府合办了鸭绿江采木公司，以鸭绿江右岸 60 华里为界，划定了从帽儿山到二十四道沟的采伐区。鸭绿江采木公司成立以后，每年的木材采伐量都在 50 万立方米以上，最高时年采伐量更是达到惊人的 100 万立方米。据史料记载，当时每年 5 月至 10 月，鸭绿江上数百张木排首尾相连，24 小时不停歇地运输着木材；过度的采伐使鸭绿江上游的森林资源遭到了极大的破坏。

一方面，机械化、现代化交通工具已经取代了这种传统的运输方式，另

一方面，从20世纪80年代开始，长白山封山育林的森林保护政策，采伐量日益锐减，中国的放排逐渐退出历史舞台，停留在了人们的记忆之中。但放排者的技艺代代相传，他们用绳索和竹竿巧妙操控着木排，现在，作为一种独特的江河体验，放排仍然吸引着人们的目光，吸引着人们去体验与探索。

03

## 大自然的鬼斧神工 ——十五道沟

放眼国内各个大山名川，所在地市以山川为名的现象并不鲜见：正如黄山之于黄山市、峨眉山之于峨眉山市、衡山之于衡山县、武夷山之于武夷山市一样，位于长白山下的长白朝鲜族自治县也因此而得名。长白朝鲜族自治县地处长白山腹地，距离长白山主峰只有64公里，作为距离天池最近的县城，被誉为“长白山下第一县”。

**峰峦迭起·巍峨耸立**

长白山地区群山环绕、峰峦迭起，除了巍峨耸立的主峰群之外，位于长白朝鲜族自治县的三座山峰是长白山在中国境内仅有的海拔超过两千米的山峰：东北地区次高峰、长白山第二主峰——望天鹅峰以2051米的海拔高耸入云，紧随其后的是海拔2027米的四等房峰，而红头山峰则以

↑
十五道沟

2010 米的海拔位列第三。这三座雄伟的山峰以望天鹅峰为中心，形成了相互呼应、气势磅礴的犄角之势。

长白山第二主峰望天鹅是一座与天池主峰同类型的火山锥，都是“破火山口”[①]。但与天池不同的是，随着时间的推移，望天鹅火山口内部没有形成积水，而是演变成了林木葱茏的原始森林。现在，望天鹅峰是国家 4A 级旅游景区、国家森林公园，鸭绿江上游国家级自然保护区。

岩史遗踪·熔岩纪痕

在长白山诞生之初，源自地幔深处的岩浆在喷出地表后炽热而稀薄，如同自由的溪流，在地表纵横交错。它们蔓延开来，覆盖了辽阔的土地，层层叠叠，构筑起一片半径约 60 公里、面积达 12000 平方公里的熔岩台地，这便是长白山的原始面貌。岁月流转，绿意已在这片土地上盎然生长，但在少数深邃的河谷里，古老的熔岩痕迹依旧隐约可见。

望天鹅火山锥上切开的最大的一条峡谷——十五道沟峡谷便是最容易观察到火山地质构造和火山活动遗迹的地方。峡谷的一部分被开发为望天鹅峡谷景区，让游客有机会近距离欣赏这些由火山活动塑造的自然杰作。

十五道沟峡谷揭示了火山地貌与活动的秘密，成为探索这一地质奥秘的最佳窗口。峡谷内的火山岩地貌呈现出丰富多变的姿态：从灰色的气孔状玄武岩到黑色的致密块状玄武岩，再到灰色的板状鞍山玄武岩，它们共同组成了一面面石壁，还能看到许多处岩浆在流动时遇冷凝结而成的大石柱结理，形成了四棱、六棱的柱峰。熔岩的痕迹、成群的柱状节理石柱，以及扭曲的岩层。这些岩石并非全然来自火山爆发时的喷涌，而是地下岩浆流动、受阻、冷却过程中的见证。河流切割出的岩层剖面，每一块石头都有它的故事，如“天炉”“天阶”“孔雀开屏”“残壁岩”，它们默默留存于地面之上展现着地层深部生发的力量。

---

① 破火山口（Calderas）是指火山爆发形成的火山口，由于后期自然或人工的破坏而形状不完整的火山口。“破”是指火山喷发时，将岩浆房内的岩浆几乎都喷发到外部，导致顶部垮塌掉下而形成的火山口，和“塌房”类似。

沟谷溯源·河川纪事

望天鹅峰是鸭绿江水系与松花江水系的分水岭，十五道沟河是鸭绿江上游的一级支流，松花江的支流头道松花江，上源有南北两股河流：南支发源于望天鹅峰北麓，坡度较缓，称为“漫江”；北支发源于长白山南麓，坡陡流急，称为“紧江”，后人称为“锦江”。两江于抚松县漫江镇汇合，形成奇特的“一紧一慢”景观。

昔时，闯关东的汉子们在鸭绿江上流放排，为了便于记忆，沿江凡有较大支流汇入主流的地方就称为“沟”，实则是指那些蜿蜒的河谷。用数字从鸭绿江口由下游向上而溯，头道沟位于集安市，接着是二道沟、三道沟，直至遥远的二十四道沟。在众多沟壑中，望天鹅山脚下的十五道沟尤为重要，它不仅是鸭绿江上游的关键节点，长达 38 公里的河谷，孕育了一条同名的河流——十五道沟河。从长白山急奔鸭绿江，沿途 1500 米的垂直落差，雕刻出一连串壮观的瀑布。

↑
迷人的十五道沟

沟壑奇观·十五道沟

在东北，流传着一句俗语，“南有九寨沟，北有十五道沟”。陡峻、幽深的沟壑川谷深达 450 米，形成了包含十大石景、八大水景和六大植物景观的望天鹅峡谷景观群，集奇石、飞瀑取胜。最独特之处便在于此处的地质构造，奇形怪状的石头散落在山谷之中，宛如精心布置的艺术品，自然界的鬼斧神工在这里展示得淋漓尽致。这片大地是亿万年来火山活动的产物，这些奇特的地质景观不仅吸引了无数的科考工作者，也成了摄影爱好者捕捉自然美的绝佳场所。

04

## 水墨画卷里的“关东雪村”

被誉为“关东雪村”的松岭坐落于长白山腹地花山国家森林公园内，地处吉林省临江市西北部，是临江市花山镇珍珠村的一个自然屯，距离临江市区 24 公里。这一带曾是长春电影制片厂的主要外景地，先后拍摄了《五朵金花》《林海雪原》等数十部著名影片和影视剧作品。得益于影视作品的拍摄，“关东雪村”这个名字也逐渐走进大众的视野。

水墨画卷·美在四季

松岭的“雪村”之名与自然气候有着密不可分的联系，这里平均海拔介于 900 ~ 1100 米，属于北寒温带大陆季风性气候，是长白山区较为寒冷的地区。从每年的 10 月末到次年的 3 月末，在长达 5 个月的时间里，这里都被厚厚的冰雪所覆盖，处于背阴处的积雪甚至终年不化；冬季积雪厚度可达一两米，冰雪覆盖率高达 95% 以上，可谓是名副其实的“雪村”。冬日里的松岭在白雪的装点下简化成黑、白、灰三个色调，放眼望去，屋顶、道路、田野、林间落满了白雪，恰似一幅水墨画。常绿的松树和柏树挺立于风雪中，为雪村增添了一抹生机。

松岭之美，不止于冬季，更美在四季；“春赏梨花、夏采山珍、秋观火枫、冬品雪韵”，松岭一年四季的诗画美景吸引了众多的摄影、绘画爱好者蜂拥而至。著名作家赵春江在《松岭不仅是雪村》一文中写道：“松岭之美几乎是一年四季的，特别是春天，岭前岭后，村前村后，房前屋后，漫山遍野，整个就是李花、梨花的世界，其吸引来的摄影者，相对数可能比冬天都要多。一冬瑞雪，一春李花，一条铁路，一座岗楼，一段历史，一群山东口音。这，就是松岭。”

**关东源起·齐鲁根脉**

松岭有 120 余户人家，总人口加起来也不过 500 人，作为“关东雪村”，村落依山而建，建筑布局保持了老式关东村落的形态，房屋错落有致地分布在村落的岭上及小山底部，百余户人家就在这水墨画间生活自得一派、闲适安逸。山间梯田整齐划一，仍旧保持着东北林区原生态的生活方式。在冬季，随处可见的牛爬犁是当地用于运送物资的主要交通工具。

松岭地处吉林长白山深处，最初，这里只是一片荒芜的土地，没有建筑也没有耕作的痕迹。随着第一批来自山东的移民带着家人和全部家当抵达，开始在这里开垦土地、建造家园，松岭村逐渐成为一个典型的山东移民村。

松岭的移民史可以追溯到清末民国时期，在长白山解禁及清政府“移民实边”政策的推动下，大批山东移民穿越山海关前往东北地区闯荡、定居，这就是历史上著名的历史事件——“闯关东”。在这一时期，松岭屯也迎来了最早的一批山东移民。

↑
松岭雪村

↑
初夏松岭雪村

20 世纪 30 年代，日本侵占东北，为了大肆掠夺长白山的矿产、木材资源，从山东等地强征大量劳工，修建从通化经浑江（今白山）到临江的铁路。这项工程耗时长久，直到 1944 年 9 月，一条全长 134 公里、耗资高达 5665 万日元的铁路才得以全线贯通，其中包括一座位于悬崖峭壁上的独特悬挑钢架桥，成为该铁路线上 1200 多个桥墩中的唯一一例。战争结束后，幸存的劳工在松岭安家落户，当年的炮楼和乘降站也被保留下来，成了历史岁月的见证。此后中华人民共和国成立初期，陆续有山东移民来到松岭投亲靠友，在白山黑水间形成了齐鲁文化浓郁的关东移民村落。现如今，松岭村不仅承载着历史的记忆，也成了东北地区独特的旅游胜地。

←
临江松岭雪村

05

# 土得掉渣但美得要命的“老秃顶子”

东北广袤的大地上，一座座山峰的名称也相当接地气：大秃顶子、烟囱砬子、三道滴子、三个顶子……这些“土得掉渣”的地名成了东北地区独特的标记。在东北，有一种河谷叫“沟”，如前文的十五道沟；有一种山峰，叫顶子，与玉皇顶、湖北最高峰神农顶（3105 米）的画风不同，各种“秃顶子”“老秃顶子”在东北有上百处，其中不乏某一地区的最高峰或主峰。黑龙江的最高峰——大秃顶子山位于黑龙江省哈尔滨市五常市东南，是长白山张广才岭支脉的最高点，海拔 1690 米。大秃顶子山顶六月带雪、十月飘雪，冬季白雪覆盖的山顶如同日本富士山，因此大秃顶子山又称为“黑龙江的富士山”。辽宁的最高峰——老秃顶子位于辽宁省本溪市桓仁满族自治县境内，属于长白山龙岗支脉，海拔 1376.3 米，是辽宁第一高峰，素有“辽宁屋脊”之称。

**“秃顶”的形成过程**

“大秃顶子”“老秃顶子”的名称源于这些山峰顶部相对平坦且通常没有树木植被，所以被形象地称为“秃顶”。“秃顶”的形成过程是多种因素共同作用的结果。由于海拔相对较高，山顶区域气温相对寒冷，部分区域几乎全年被积雪所覆盖，因此在严寒的环境下，草木植被很难生存；此

↑
老秃顶子

外东北地区的山峰大多是由火山地质运动所形成，构成山体的石块裸露在外，由于缺少土壤植被也无法生长。在多种因素的共同作用下，这些山峰的顶部就呈现出了寸草不生的情形，“秃顶”由此得名。

**山巅草原・江河分流**

在吉林省白山市管辖的临江市花山镇，有一老秃顶子，为长白山山脉的延续部分，海拔 1413[①] 米（也有 1426 米或 1438 米之说），与高达 2691 米的白云峰相比显得矮小，但它是东北地区著名的“五十峰”之一，同时也是临江市区附近最高的山峰，比猫耳山高出 369 米。这里距离临江市仅 28 公里，与松岭雪村的直线距离也不过 7 公里。站在老秃顶子的巅峰之上，周围的世界仿佛被拉得更近，长白山主峰天池的轮廓尽显眼前，清晰可辨山巅上，一块约 18 万平方米的草地展现在眼前，这片广袤的草原

① 数据来源于白山市旅游局 http://www.cbs.gov.cn/ly/syxs/201805/t20180519_291479.html

如同岁月在大地头顶上留下的印记，因此得名“老秃顶子”。老秃顶又名将军岭，传说中唐朝大将薛礼征东时，在老秃顶子点将，点将台保留至今，故得名将军岭。

在老秃顶山的注视下，浑江与头道沟河在此处分离。在老秃顶子山的东北麓，头道沟河缓缓涌出源头，一路上吸纳了众多细流，最终在临江市的西南方向融入鸭绿江的怀抱。而浑江，作为鸭绿江流域的最大支流，源自长白山脉龙岗山系的老岭南缘，蜿蜒向西南流淌，穿越了白山市区，前往通化市。直到它们在镇江镇与鸭绿江相遇，共同奔向遥远的黄海。

**植被葱郁·生态多样**

这里山峰层叠有序，森林覆盖茂密，老秃顶子山是花山国家级森林公园的重要组成部分，保留了一片次生林区，拥有完整的森林生态体系。植物在老秃顶子景区呈现出显著的纬度地带性分布。这种分布是由于不同的海拔和气候条件造成的，从低海拔到高海拔，展示了从亚热带常绿阔叶林逐渐过渡到温带落叶阔叶林和寒温带针叶林的生态景观。这种垂直分布特性使得老秃顶子景区成了一个生物多样性的宝库，意味着游客可以在相对有限的空间内欣赏到不同温度带多种多样的植物群落。即使在长白山海拔2000米以上的区域才能见到的岳桦树，在这里也能找到它们的踪迹。这些岳桦并不像白桦那样笔直挺拔，它们的高度通常不超过三四米，枝干弯曲，形态各异，有时甚至显得杂乱无章，但顽强地在这片土地上生长，这里是生命力的象征。

在老秃顶子，穿行于新修的木栈道之上，每一步都如同在自然的怀抱中前行。一旦春风拂过老秃顶子，便会见证一片生机勃勃的草原。稀疏的树木错落有致地点缀其中，春天时节，当地村民会将牛马赶到这里放养。树木的千姿百态以及牛马的活泼灵动，这一切与草甸的开阔相映成趣。置身其间，似乎来到了一个旷远而开阔的高山草原，站在山顶的高山草甸上，野花点缀其间，野草茂盛葱郁，眼前的山峦似乎在告诉人们关于坚韧和生生不息的故事。老秃顶子的美不仅在于它的静谧，还在于一棵棵生长

↑
老秃顶子

于石缝中的枯树，似乎在诉说着经历的坚持与顽强。

远望瑶亭·日出美景

老秃顶子不仅自然风光秀美，其山顶上还矗立着一座古朴雅致的眺望亭——望瑶亭[①]。游客们沿着蜿蜒的木栈道，踏着盘旋的楼梯，一层层攀升至亭台之上，将目光投向远方。山峰层峦叠嶂，一片翠绿尽收眼底。

云海日出是老秃顶子的第一奇观。伴随着第一缕阳光的缓缓升起，火红的太阳在长白山主峰天池方向慢慢升腾，温暖的阳光和清新的风，携带着潮湿的空气和草地树林的芬芳，在这里，每一次呼吸都沉醉在自然的纯粹之中，将人们从城市的喧嚣之中解救出来。

老秃顶子风景区以其独特的自然景观和淳朴的文化意蕴，迎接着来自

① 佛古伦，这位孕育了满族始祖布库里雍顺的天女久居人间，十分想念着母亲及两个姐姐，便终日在此处凝望着那遥不可及的瑶池，人们为了纪念这位天女的深情与坚韧，便在她常驻之地筑起了一座亭子，命名为望瑶亭。

各地的游客。老秃顶子的道路蜿蜒曲折，如同老百姓口中的“胳膊肘弯儿”，不适宜大巴车行驶，却成为自驾游的好去处，树木环抱着山脚至山巅，沿着盘山路抵达山脚，登至山巅追逐那难得一见的日出美景。

# 06

# 火山喷发造就的天然碳库——哈尼湿地

哈尼河，这条源自长白山脉磬岭北谷黄花甸子的清泉，与浑江之源遥相呼应，蜿蜒流淌在柳河县、通化县及通化市，最终汇入浑江，是通化人民心中的母亲河。沿岸一片片森林沼泽、灌木沼泽和草丛沼泽交织分布，其地下水资源之丰沛，水质之优良，犹如通化的生命之源，被誉为这座城市的“绿色之肾”。

**火山造化·熔岩湿地**

震撼天地的火山喷发，不仅铸就了地质奇迹——龙岗火山群与神秘的玛珥湖，更伴随着时间的推移，在哈泥河源头区，孕育出了哈尼泥炭沼泽湿地这片独特的生态宝地。它坐落于吉林哈泥国家级自然保护区的东部，位于长白山系龙岗山脉中部地区，是龙岗火山群的重要组成部分，也是吉林省第三块荣登国际重要湿地名录的自然瑰宝。

↑
哈尼泥炭沼泽湿地

恰到好处的温度和水热，以及漫长的时间，形成了哈尼泥炭地，它就像一块巨大的深棕色海绵。在哈尼源头区，水源充足，气候宜人，沉积环境稳定，湖宽水浅，泥炭层不断堆积，至今还在形成中。通常泥炭地每年只能增添不到 1 毫米的厚度，要形成具有一定规模的泥炭地通常要历经数千万年之久，然而要排干泥炭地造成不可逆的破坏，却往往只需不足一旬的时间。

泥炭蕴能·天然碳汇

在哈尼湿地，那些深埋地下的泥炭层，主要由湿地中尚未彻底分解的草本植物遗骸积累而成，历经亿万年的地质演变，它们有望转化为宝贵的能源——褐煤、无烟煤等。同时，泥炭地还是记录湿地形成与演化历程中的天然档案库，对于研究第四纪以来高原湖泊的沧桑巨变提供了珍贵的实物证据。更重要的是，泥炭沼泽里储存了大量有机碳，是相当可观的碳储库，对服务国家碳达峰、碳中和发展目标意义非凡。

尽管泥炭层看似毫不起眼，它却是地球生态系统中的重要角色。作为湿地生态系统的一部分，泥炭地扮演着温室气体——二氧化碳和甲烷的“源”与“汇”。虽然泥炭地仅占地球表面积的 3%(大约 400 万平方公里)，但其碳储存能力却是惊人的，如果保护得当，每公顷泥炭地储存的碳相当于数千辆小汽车一年的排放量，它们存储了全球约 30% 的土壤碳，这一数字超过了世界上所有森林碳储量的总和。因此，保护泥炭地不仅是保护生物多样性的需要，更是应对气候变化的关键措施。

## 湿地秘境·生灵乐园

这片内陆湿地和水域生态系统，是亚洲乃至全球罕见的泥炭沼泽宝地。它不仅是气候的调节器，水质净化的天然屏障，更是水源生态平衡的守护者。在这里，生活着种类和数量众多的昆虫和水生无脊椎动物，它们是湿地生物多样性的主体，众多珍稀生灵找到了繁衍生息的天堂，这里有国家一级保护的东方白鹳、金雕、紫貂、原麝四种生灵，以及国家二级保护的 31 种野生动物。

哈尼泥炭地中哈尼河贯穿而过，沿岸的植物群落丰富多变，根据地形和水位的差异，这里自然而然地形成了林缘地带与开阔地两种生境。林缘地带环绕在泥炭地的四周，黄花落叶松挺拔的身影成为乔木层的唯一霸主，它们高耸入云。下方的灌木丛中，小叶杜鹃、鹿药、狭叶杜香或是笃斯越橘竞相绽放，争奇斗艳。而草本植物，如羊胡子草、毛果苔草、沼苔草等，则在丘陵间的微妙环境中安家落户，毫不起眼。苔藓植物也不甘落后，以中位泥炭藓、锈色泥炭藓、大泥炭藓或尖叶泥炭藓的姿态，铺就了一层柔软的绿色地毯。

而在开阔区域，尽管黄花落叶松的身影不再那么显眼，但灌木与草本的组合依然延续了林缘地带的风格。苔藓地被层则多以大泥炭藓或中位泥炭藓为主。湿地内水生植物们竞相生长，根须深扎泥土，叶片舒展在水面，构筑起一个个微型生态系统。

→
白山紫貂

07

# 五女峰：于生态仙境邂逅吉林爪鲵

在素有“吉林小江南”之称的集安境内，在蜿蜒的鸭绿江畔，天女、玉女、参女、秀女、春女，五位仙女的传说为五女峰披上神秘的面纱，引领人们步入这片神秘的森林。

**鬼斧神工·天地结晶**

五女峰国家森林公园因有独特挺拔俊美的少女峰、玉女峰、秀女峰、春女峰、参女峰五座山峰而得名。公园地势高低延绵起伏，重峦叠嶂、陡峭挺拔，峰峦如画。森林公园共有较大山峰 26 座，其中海拔 1000 米以上的 17 座，海拔最高的山峰 1337 米、最低的山峰 693 米。这里不仅有高山奇峰，还有形态各异的天然石洞，伴随着壮观的天然瀑布和清澈可见的山泉流水。

在千百万年前地质构造以及独特气候条件的自然作用下，共同演化而成现如今的五女峰。地质构造方面，受华夏系皱褶断裂和鸭绿江深断裂带控制与影响，公园东部与西部的地层主要展露出 19 亿年前早元古代的火山碎屑岩，成为地球早期活动的见证；中部地区则以燕山期的早期花岗岩为主，成为地壳运动的印记。西南部和北部，则露有中侏罗纪的中性喷

↑
雨雾五女峰

出岩及凝灰岩，如同大自然的调色板，为这片土地增添了丰富的色彩。公园内的成土岩以花岗岩居多，涵盖了中生代的白垩纪、燕山晚期的晶洞碱长花岗岩和花岗斑岩。其中，晶洞碱长花岗岩以其红色的细粒结构与呈晶洞块状的构造展现出一种独特的美感。受鸭绿江深断层带的深远影响，这里重峦叠嶂，峡谷幽深，地质历史跨度长达10亿～19亿年。经历了多次剧烈的构造运动和火山爆发，直至97.5万年前的早白垩纪才告一段落。因此，这里的岩石地层深厚而坚固，可谓是大地的盾牌，抵御着地震的侵袭。

这里众多的嶙峋怪石体验着地质构造的鬼斧神工。循着山门的阶梯步步高升，绕过一道山弯，一块巨石巍然耸立，色泽微红，壁面上铭刻着“洞天皓月”的雄浑字体。在它的不远处，两座高达二十余米的石岩相对而立，它们之间的裂缝犹如天工开物，形成了“一线天”。置身于这狭窄的空间，仰头望去，一尊“空中悬佛”恰好镶嵌在石壁之上：由两块大小相异的花岗岩构成佛像的头部和身躯，其面容栩栩如生，鼻梁上的纹理清晰可见，神情活灵活现，宛如正在竭力推开石壁，俯瞰着下方穿行的众生。

**绿色宝石·天然氧吧**

五女峰国家森林公园处于鸭绿江中游流域，地处长白山老岭山脉中段，是长白山迄今为止森林资源和森林植被保护最好的地域之一。20世纪50年代，这里被列为自然保护区，是国家首批20个重点风景示范园之一，现属于集安国家自然保护区核心区域。94.5%森林覆盖率使这里的空气中负离子含量高达15340个每立方米，空气尘埃系数为零，可谓是天然氧吧。

五女峰国家森林公园拥有完整的生态系统，其自然环境原始性与和谐度皆处于较高水平。长白山植物区系与华北东南缘植物带在此交会，带来了无比丰富的植物资源，形成了独特的森林植被景观。公园内以天然次生林为主体，其中蒙古栎林和阔叶混交林作为原始植被的代表，山高林密、巨树参天，这里不仅拥有红松林，还有红松与蒙古栎的混交林，以及众多珍贵树种，如松树、椴树、楸树、桦树、刺楸、水曲柳、天女木兰、紫

↑
五女峰初雪

椴、红松和赤松等，植物种类多达 100 多科 1000 余种。春夏时分，繁花簇拥，杜鹃、野丁香、五味子、红景天等花卉竞相绽放，将五女峰打扮成一个五彩缤纷生机勃勃的世界；深秋时节，奇峰美景，枫叶通红，宛如天然仙境。

**生物栖息·幽谷隐鲵**

丰富的森林资源为野生动物的繁衍栖息提供了绝佳的天然场所，园内的野生动物资源极为丰富，拥有中国林蛙、吉林爪鲵、山野鸡、松鼠、黑熊、蛇、狐狸、獾子、鲫鱼、柳根鱼、赠餘、鲤鱼等 200 多种野生动物。其中爪鲵作为国家二级保护动物，位列国家濒危级保护动物。作为小鲵科家族的一员，它主要分布在吉林省鸭绿江流域的临江市与集安市，这是一个历史悠久而又罕见的物种。许多两栖动物都采用了一种独特的呼吸方式——通过皮肤的表面进行气体交换。爪鲵便是其中的典型代表，它们完全依赖皮肤呼吸，其肺部功能已大幅退化。而爪鲵的近亲极北鲵不仅利用皮肤进行呼吸，更将其作为一种防御机制。由于行动迟缓且缺乏锋利的牙

→
吉林爪鲵

齿和爪子，极北鲵依靠皮肤分泌的刺激性化学物质来抵御潜在的捕食者，从而在自然界中占据了一席之地。吉林爪鲵对其栖息地的选择极为挑剔。吉林爪鲵生活于海拔 250 ~ 1000 米的针阔叶混交林地区，偏爱那些未受污染、水质清凉的山涧溪流。吉林爪鲵的存在无疑是五女峰优越生态环境的有力证明。

08

## 连接中朝的友谊纽带
## ——云峰湖

云峰湖坐落在集安市以东、鸭绿江上游 40 公里处，以其独特的边境风光、中朝友谊象征和丰富的自然资源而闻名。

**自然宝库·塞外明珠**

云峰湖位于长白山脉的北侧，是一个三面环山、一面临水的美丽湖泊。云峰湖四季分明，光照充足，雨量充沛，年均气温约为6℃，拥有宜人的气候环境。云峰湖无霜期长达158天，这意味着在一年中的大部分时间里，湖泊周围的土地都能够得到充足的阳光照射和雨水滋润，从而促进了植被的生长和繁衍。得益于其独特的地理位置和优美的自然环境，云峰湖被誉为“塞外明珠”。

云峰湖周边也充满了生机。松树、椴树、楸树和桦树等各种树木种类丰富，葱郁的树木为整个景区增添了一抹翠绿的色彩。这些茂密的树林为飞禽走兽提供了理想的栖息地，使得熊、獐、狍、鹿、雉等野生动物得以在这里生息繁衍。

**鱼类乐园·冷水鱼王**

除了美丽的自然风光，云峰湖还拥有丰富的生态资源。这里的生态环境得到了良好的保护，成为鱼类生活的乐园。云峰湖盛产各种鱼类，包括鲤鱼、鲫鱼、草鱼、鲇鱼和白鲢等20多个品种。其中最引人注目的是清朝贡品细鳞鱼，这种鱼的体重可以超过一百斤，令人惊叹不已。

相传康熙帝在一次行围打猎的旅程中，意外品尝到了细鳞鱼，细鳞鱼的美味深深打动了康熙帝，即兴赋诗以表达喜悦之情。“九曲伊逊水，有依萃尾鱼，细鳞秋拨刺，巨口渡吹嘘。阴益食单美，轻嗤渔谱疏。还应问张翰，所忆定何如。”细鳞鱼由此被誉为“冷水鱼王”，作为进贡皇室的贡品，备受皇室成员的青睐。慈禧太后也对细鳞鱼赞不绝口，甚至将其赞誉为“龙凤之肉”，细鳞鱼的故事和美誉，成了中国饮食文化中一段令人津津乐道的传奇佳话。

细鳞鱼是一种名贵的高山冷水鱼，对水质要求极高，只有在明澈通亮无污染的水里才能存活。细鳞鱼生长缓慢，肉质细白，高脂肪含量使其品尝起来格外鲜嫩肥美，品质上乘的细鳞鱼还可以做刺身食用。由于富含氨基酸，细鳞鱼又有防止血栓、加快伤口愈合的功效，故又被称为“脑

黄金”。

高峡平湖·友谊纽带

依托云峰湖打造的云峰湖风景旅游度假区，由被誉为“界河明珠”的云峰发电厂、象征中朝友谊纽带的云峰大坝和大坝截流形成的面积 102.5 平方公里的人工湖组成。鸭绿江作为中朝两国的天然边界，滔滔江水穿过森林茂密的崇山峻岭，流经葱翠起伏的丘陵地区。为了充分利用地势落差所带来的巨大的能量，在鸭绿江干流先后建设了四座梯级水电站，其中最大一座的水电站——云峰水电站是 20 世纪 60 年代中朝两国携手共建的宏伟工程，位于吉林省集安市青石镇，与朝鲜的慈城郡三江里、云峰里隔江相望，云峰水电站的名字就来源于此。

云峰大坝作为中朝友谊纽带，全长 828 米，横跨中朝两国，对面的一半已经是朝鲜的上空，大坝尽头是中朝国境哨。云峰大坝雄伟的坝体锁住了奔腾的鸭绿江，孕育了宁静的云峰湖，让人不禁联想到伟人毛泽东那句豪迈的诗句：“截断巫山云雨，高峡出平湖。”万顷碧波水平如镜，雄伟大坝巍然耸立；水坝开闸之时，鸭绿江水从 21 道闸口喷涌而出，碎玉飞溅、水声轰鸣、雾气升腾。泛舟云峰湖上，水色天光、烟波浩渺，既可近观朝鲜村庄云峰里，也可远望朝鲜放排工人的日常点滴。

云峰湖的周边区域还曾是古代萨满文化和高句丽文化的发源地，这里承载着古老而神秘的历史记忆，在高句丽时代尤为璀璨辉煌，留存着丰富的文化遗址。这些历史遗迹历经风雨仍屹立不倒，见证着岁月的更替，沉淀着时光的传奇。

徜徉于云峰湖，在湖光山色中感受大自然的恩赐，在边境风光里领略中朝友谊的象征，在丰富自然资源中体验生态之美，在厚重历史文化中探寻岁月沧桑。

09

# 星罗棋布的火山湖群 ——龙岗火山群

火山喷发作为地球上最壮观的地质现象之一，在带来灾难性后果的同时，也孕育了无数自然奇迹。地球内部的剧烈力量在长白山火山口释放，在长白山西侧龙岗山脉以东到头道松花江之间的盆地内，不太强烈的地核热力就在此处寻到了发泄口。从卫星影像上，你能真切感受到此处火山活动遗迹的密集。龙岗火山群火山活动始于新近纪，第四纪更新世进入鼎盛期，全新世以来仍有较强的喷发活动，形成了熔岩被、火山锥、火山口、玛珥湖、堰塞湖等造型奇特的火山地貌景观，被誉为“中国新生代火山地质博物馆”。这片区域分布着我国空间密度最高的火山群——龙岗火山群，在 2000 平方公里范围内散布着 160 多个火山锥。同时这里也是中国玛珥湖最集中的火山区——分布着 8 个玛珥湖。

火山锥是火山活动从地底下喷出来的物质围绕喷出口冷却凝固堆积形成的山丘，喷出的物质、量的多少和喷发的激烈程度的不同，造就了火山锥的千差万别。在龙岗火山群，火山锥呈现的形态各异，盾形、钟形、簸箕形，打破我们对高耸的圆锥形山体的固有印象。

水火相容·湖生奇景

水与大地相遇，在平原上形成蜿蜒的河流、宁静的湖泊和生机盎然的湿地。而当水邂逅炽热的熔岩，却意外地孕育出了迷人的火山成因湖（简称火山湖）。通常，火山湖又被细分为火山口湖、熔岩堰塞湖和玛珥湖三种主要形式。

火山口湖源于火山喷发后形成的火山口或者破火山口，如果地处降雨充沛的区域，加之一定的地下水补给，就会积水成湖。天池就属于这一类火山湖，而且是我国面积最大的火山口湖。熔岩堰塞湖则是由火山活动直接塑造而成，位于江河附近的火山喷发时，炙热的岩浆流进河道，导致河水的流动被完全或部分阻断，从而形成湖泊。镜泊湖是此类火山湖的代表，也是我国第一大火山熔岩堰塞湖。

“玛珥”一词源于拉丁文“mare”，即湖的意思，玛珥湖意为“低平火山口湖”，是指蒸汽、泥石同时喷发形成的火山口湖。当上涌的熔岩或岩浆与地下水相遇时，会产生巨大的蒸汽，超出负荷后所发生的剧烈的蒸

↑
玛珥湖

汽爆炸会形成一个圆形或者近圆形的洼地，而喷发物在喷出口周围堆积形成的火山碎屑岩环如同一道围墙，将大气降水与地下水汇聚形成玛珥湖。

**各美其美·龙岗八珠**

龙岗火山群火山湖密度之大、数量之多、成因之典型、保存之完整在国内均属罕见。在火山锥与火山湖中，八个波光粼粼的玛珥湖被山势围合，分布在方圆不足 30 公里的范围内。它们有着光滑的岸线，近圆形，两岸地势略高于湖面。“龙湾”是当地人对于玛珥湖的别称，大龙湾、二龙湾、三角龙湾、小龙湾、东龙湾、南龙湾、四海龙湾、龙泉龙湾八个玛珥湖沿龙岗山脉西侧，间隔 6 ～ 7 公里、呈东北—西南方向有序排列，全

↓
鸟瞰龙湾

景呈现了从火山湖向湿地演替的全过程。这八个玛珥湖深浅不一，最浅的小龙湾只有 15 米，最深的东龙湾是 127 米，大部分湖水深度在 50 米以上。它们如同大地的明眸，静观亿万年的沧桑变迁。

面积最大的大龙湾完整地保留了三期喷发的地貌特征，拥有宽阔的湖面，且湖水可以饮用。三角龙湾以其独特的形成过程而闻名，历经两次火山喷发，第一次在北侧形成了较小的火山口，第二次更为猛烈的喷发塑造了三角龙湾南侧的广阔区域，尤其是形成了独特的湖心岛景观。位于靖宇县的四海龙湾是我国现今保存最完整的玛珥湖之一，水位雨季不涨，旱季不减，从空中看，湖面形状接近正圆，湖水湛蓝，森林环绕，因此被誉为“上帝之眼”。

龙岗火山群中的玛珥湖兼具观赏价值和科考价值，不仅是一处壮丽的风景，更记录着地球母亲的每一次呼吸与脉动。

10

## 枯木的生态之春
## ——四方顶子山

依托龙岗火山群所设立的吉林龙湾群国家森林公园坐落在长白山系龙岗山脉中段，以森林生态景观为主体，火山口湖群和火山锥体为骨架，流

↑
航拍龙湾群国家森林公园秋季风光

泉、瀑布为脉络，构成了一幅静态景观与动态景观相协调、自然景观与人文景观浑然一体的独特画卷。

吉林龙湾群国家森林公园由“七湾二顶一瀑”十大景区组成：“七湾”涵盖了三角龙湾、大龙湾、二龙湾、小龙湾、东龙湾、南龙湾、旱龙湾；“两顶”则是以金龙顶子山和四方顶子山构成的火山锥景观区，被誉为“龙岗画苑、枯木天堂”；“一瀑”是指火山爆发后形成的吊水壶瀑布。瀑布好似从茶壶中倒出来水流一样，故称“吊水壶”。大地冰封的冬季，温暖的地热使吊水壶瀑布在严冬也不封冻，细水长流，成为难得一见的“冰雪瀑布”。雨水稀少的春秋两季，细密的水帘随风飘洒，轻盈优美；盛夏时节，雷雨过后，瀑布如水龙一般，骤然跌落，银珠飞溅，色彩斑斓，水云雾烟难分。

**云台之巅·古木万千**

坐落于辉南县的四方顶子山与老秃顶子山在命名上有异曲同工之妙。清《钦定盛京通志》记载：“佛斯亨山，城南四百里，索勒和等河俱发源于此。”满语“佛斯亨”是汉语“甑子”之意，“甑子”俗称“笼屉”，以此来描绘四方顶子的形状，即以山顶上有一片较为平坦的长方形宽阔平地而得名。

四方顶子山制高点称为“云台”，海拔 1233 米，既是龙岗火山群的最高点，同时也是辉南县境内的制高点。在高山气候的作用下，其形成了奇特的森林和林下植物群落，四季风光各异、形态万千，呈现出一幅近乎远古时期的生态景观，昭示自然造化之神奇，有“龙岗画苑”之美誉。有诗云：“足履云山舞雪衾，眸擎弦月宿风林。”四方顶子山的绝美风光由此可见一斑。

春夏之际，自山麓至山巅绿意盎然，参天巨木遍布其间。树木多以柞树、桦树、黄柏、椴树、松树为主，不少古木的树龄都在数百年以上，在历经雷劈、风吹、日晒等自然力的作用下，形成了独特的枯木奇观，所以四方顶子山又有“枯木天堂”之称，是摄影爱好者的聚集地。

↓
四方顶子仙境

↑→
四方顶子秋色

其中一部分枯木是1986年一股来自朝鲜半岛的超强台风造成，一夜之间将长白山附近约一万公顷的原始森林摧毁殆尽。据记录，那次风灾导致的树木倒伏率高达惊人的71.8%。面对如此大规模的风倒木，林业管理部门组织专家进行了深入的研究与讨论。有学者指出，长白山地区的一个重要更新机制是“风倒更新”，即风倒木的腐朽过程为种子提供了水分和养分，促进了新生命的自然萌发与成长，这是自然力量自行完成恢复与重建的过程。四方顶子的倒木就是在这样的背景下保存了下来。尽管自然灾害可能带来短暂的破坏，但自然界拥有其独特的恢复力和再生能力，能够在适当的环境下实现自我修复与更新。

**深秋红枫·凛冬雾凇**

四方顶子景区也因其秋季古树红叶而闻名，登上枫叶观赏台俯瞰整个景区，领略秋天的美不胜收；穿行在枫叶隧道中，仿佛进入了一个童话故事所描绘的魔法森林。这里的枫叶不仅数量繁多，品种也是多样，其中尤以五角枫和三角枫最为知名。五角枫的叶片呈五角形状，色彩斑斓，主要为黄红两色交织；而三角枫的叶片则呈三角形，色泽鲜艳，以红和深红为主，同样深受游客的喜爱。在秋风的吹拂下，枫叶变成红色、橙色、黄色，在微风中缓慢飘落，铺成了一层柔软的地毯。漫步在山间小径上，落叶在脚下沙沙作响，仿佛走进枫叶的世界。

在秋天的红枫美景之外，四方顶子山也为冬季雾凇的形成提供了得天独厚的条件。富含水汽的太平洋暖湿气流与来自西伯利亚的极寒气团在这里相遇，凝结成无数晶莹剔透的单晶薄片，飘浮在空中、旋转在林间，形成了美得让人心醉的雾凇。寒潮过后，漫山遍野、沟壑苍崖，一改秋季里的五彩缤纷，转而呈现出清一色的银装素裹，仿佛走入了琼楼玉宇、霄汉星涛。

# 11

# 天外来客的自然之谜
# ——白鸡峰天石

长白山的神奇之处不止在于其著名的天池，还有与其相映成趣的神秘天石。长白山天池的阴柔之美与白鸡峰天石阳刚之力遥相呼应，成了长白山脉的两大自然奇观。

**天外来客·天石之谜**

在吉林省通化市东昌区东南部，靠近长白山南麓的山地与平原交界处，有一片名为白鸡峰国家森林公园的地方。其山顶及山坡上覆盖着大量块状玄武岩石，被人们称为长白山第一奇石——天石，形成了壮观的“石瀑”。然而，关于“天石”的成因，此前一直是悬而未决的难题。坊间传闻，数千年前，来自外星系的陨石坠落于两座山峰上，其石质无比坚硬且银白如雪，又因两山形如雄鸡，由此得名白鸡峰。这“天外来客”的传说吸引了一批又一批的探险者来到白鸡峰一睹天石风采。

2023 年，山顶一个直径为 1400 米的陨石坑的发现，揭开了“天石”成因这一未解之谜。这一陨石坑如同巨大的漏斗悬挂在高山上，从坑缘最高点到坑缘最低点相差 400 多米，形成了一个壮观并极具震撼力的撞击坑地貌。北京高压科学研究中心研究员推测该陨石坑是史前一颗直径数十

↑
白鸡峰国家森林公园

米的小行星以宇宙速度撞击到白鸡峰山顶部，由此引发巨大爆炸和岩石抛射所形成的一个巨大撞击坑。星球撞击时从坑内抛射到坑缘的砂岩和花岗岩等岩石碎块，成了现今分布在白鸡峰山顶和山坡上的石瀑。

白鸡峰陨石坑是我国发现的第三个撞击构造，也是世界上目前发现的地表垂直高差最大的撞击构造。白鸡峰陨石坑的发现不仅丰富了人类对星球碰撞地球历史的认识，也为特殊地形地貌的撞击成坑机制和物质的冲击变质效应等研究提供了新的研究对象。

峰石潭瀑·雄险奇秀

除了神秘奇特的天石之外，白鸡峰国家森林公园拥有丰富的旅游资源，以峰、石、潭、瀑、云、林取胜，以雄、险、奇、秀、幽、旷见长。在 30 多个景点中，最具代表性的是“三峰两瀑一潭”。“三峰”为主峰白鸡峰，有前、后白鸡峰之分，海拔分别为 1318 米和 1300 米；天桥峰海拔 1220 米，两峰并立，云雾缭绕其间，宛如银桥；棒槌峰海拔 900 米，八峰相连，远看形似棒槌。“两瀑”为天女梳妆瀑布和参女沐浴瀑布，相传天女时常下凡到此地，久而久之水也就有了仙气，用这里的水洗脸梳头可以祛除百病，故得名“天女梳妆”。参女沐浴瀑布中的两块巨石将水流一分为二，瀑布沿两侧倾泻而下形似人参，故得名“参女沐浴”。“一潭”为三条沟岔的溪流在沟口汇成的一汪潭水，静静地嵌在群山之中，静谧幽深。观林间瀑布，闻松涛鸟鸣，好生惬意。

白鸡峰国家森林公园几乎完全被葱郁的森林所覆盖，森林覆盖率高达 98.7%。这里的植被类型以针阔叶混交林为主，其中主要的树种包括了挺拔的红松、高大的冷杉、坚韧的柞树以及优雅的桦树，还生长着红豆杉、刺楸、山槐和天女木兰等珍贵树种。而在众多树木中，最负盛名的是被誉为“将军松”的冷杉，这棵 30 米高的古木历经 200 多年风雨洗礼，根系发达，枝叶繁茂，其广阔的树冠宛若一把巨大的绿色伞盖，守护着这片古老的森林。公园内还开辟了百鸟园、鸵鸟园、狍子园、梅花鹿园等园中园，有紫貂、金雕、猞猁等 50 余种保护动物。园内一年四季景色各异且

独具魅力，春赏山花烂漫，夏游森林瀑泉，秋观漫山红叶，冬踏林海雪原。一年四季，美景不绝，堪称“天开画卷”。

12

## -8℃的冰葡风味
## ——鸭绿江河谷

在集安市境内，沿着鸭绿江一路南下，宽阔的河谷地带取代了巍峨的山峦，湍急的水流逐渐放缓，就在此地，一个以江河之名命名的河谷——鸭绿江河谷，展露出它独特的风采。鸭绿江河谷是中国山葡萄种植的黄金地带，被誉为“中国山葡萄之乡”，同时也是全国最大的山葡萄生产基地，出自这里的北冰红葡萄酒自带着-8℃特有的集安风味，成为这片土地上不可复制的味觉印记。

### 天赋异禀·黄金产地

鸭绿江河谷为生产绿色优质山葡萄原料提供了良好的得天独厚的气候、肥沃的土壤以及良好的生态环境。鸭绿江河谷处于世界“葡萄酒黄金纬度带”，纬度与法国著名的葡萄黄金产业带波尔多相近。特殊的地理位置使这里形成了独特的气候环境：老岭山脉如同一道巨龙，从东北蜿蜒至

↑
鸭绿江集安太极湾

↑
鸭绿江上游国家级自然保护区

西南，构筑起一座自然的壁垒，挡住了北方的严寒，使得秋霜迟来；而温暖的海洋气息，则沿着鸭绿江缓缓而上，带来了春天的讯息，让春风早早地吹拂。这里是吉林省积温最高、风速最小、湿度最大、无霜期最长的地方，独特的气候条件十分适合山葡萄生长。

在这片富饶的土地上，山葡萄的生长季节得益于丰沛的天然降水，无须额外灌溉便能满足其水分需求。到了果实饱满成熟之时，温暖的阳光与夜晚的低温形成显著的昼夜温差犹如大自然的调酒师，巧妙地提升了葡萄的风味与品质。鸭绿江集安段的两大水库也助力于江水在寒冬依旧流淌不息，加之丰沛的雪量，山葡萄无需掩埋于土中也能安然过冬。此外，鸭绿江畔的土壤富含各种矿物质，这些天然的养分为葡萄的生长提供了良好的基础。土壤的通透性强，即使在多雨的季节也能保持很好的排水性能，防止根部积水。适宜的坡度不仅有助于水分的管理，还为葡萄提供了理想的生长角度，使得每一株葡萄都能充分吸收阳光和空气。

**北冰红日 · 独树一帜**

说到鸭绿江河谷的葡萄酒，就不能不提到“北冰红”。这一葡萄品种经中国农科院特产所选育，凝聚了几代中国科研人员的智慧，是世界上首个无需浸皮便能压榨出鲜艳红色汁液的山葡萄品种。北冰红的果实糖分丰富，总酸与单宁恰到好处，完美弥补了传统山葡萄糖低与酸高的不足。在鸭绿江河谷的温床中，它能自然挂果至严寒降临，成为酿造冰红山葡萄酒的珍贵原料。北冰红山葡萄的品质在业内有目共睹，所酿制的冰酒品质卓越，令人赞叹。

如今世界上只有奥地利、德国、加拿大等少数国家的少数地方具备酿造高品质冰葡萄酒的条件，因为冰酒对温度、气候等方面条件都有极为苛刻的要求。而鸭绿江河谷所种植的“北冰红”就成为鸭绿江河谷产区生产冰葡萄酒的独特优势。鸭绿江河谷产区生产的冰葡萄酒在国内外葡萄大赛中获得各类专业奖项共计 41 个。这些荣誉不仅凸显了集安鸭绿江

河谷产区的酿酒实力，也使鸭绿江河谷产区逐渐受到国际业界的高度关注和认可。

随着“北冰红日”成为集安专属的冰葡萄酒节，吸引着众多游客蜂拥而至，他们怀着对冰酒的向往，品尝着甘甜芬芳的冰红酒，同时沉醉在北国风光之中。当十二月的寒风席卷鸭绿江畔，白雪覆盖大地之时，那些依然傲立枝头的北冰红葡萄，如同一串串红宝石，成为这片土地独有的冬日奇观。

←
鸭绿江上游国家级自然保护区

13

# 北国江南的边疆传奇——集安

一座名为集安的北方小城，坐落在鸭绿江畔，与朝鲜隔江相望，散发着小江南的风情。作为“吉林小江南”，集安“有唾手可得的粮食，取之不竭的山珍”：人参、板栗、葡萄、红豆杉、鹿茸、林蛙、中华秋沙鸭都是大自然赋予集安独特的生态馈赠。

**得天独厚的气候禀赋**

集安地处长白山南麓，东北部地势较高，西南部地势较低。集安境内多属山区，鸭绿江流经集安境内形成了纵横交错的沟谷；“八山一水半分田，半分道路和庄园”是集安地貌特征的真实写照。集安坐拥得天独厚的自然环境，森林覆盖率达 82.16%，大气环境质量保持在国家二级标准。2018 年 12 月，集安市获评气候生态类国家气候标志，是吉林省首个获得“国家气候标志”的区县。

长白山系老岭山脉自东向西横贯全市，将集安分割而成岭南、岭北两个气候区。老岭山脉如同一道天然屏障隔绝了南下的寒流，造就了岭北地区的大陆性气候特征；而温暖湿润的海洋气流沿鸭绿江溯源而来，造就了岭南地区半大陆半海洋性气候特征。集安是吉林省平均降水量最多、积温最高、无霜期最长、风速最低的区域，素有“吉林小江南、国家生态园”

↑
集安：春到关门砬子

之美誉。

**鸭绿江畔的兵家必争之地**

集安江河环绕、降水丰沛，风和湿润、土地肥沃，适合发展农业生产且非常宜居，因而成了各路政权争夺的对象，中国边疆政权高句丽就曾长期建都集安，鸭绿江流域因而也曾在历史上产生都城。

鸭绿江是中国与朝鲜的界河，但是在一千多年前，鸭绿江并不是界河。公元前 108 年，汉武帝在朝鲜半岛和鸭绿江流域设置玄菟、乐浪、临屯、真番四郡。公元前 37 年，朱蒙在鸭绿江中游和浑江流域建立了中国边疆的少数民族政权高句丽，初建的高句丽政权并不是独立的，而是归属于玄菟郡管辖。对于新兴的高句丽政权而言，如果能够完整占领鸭绿江

流域，就能够获得更大面积的耕地和水源地，此外还有利于开展海上贸易。为了族群的发展兴盛，高句丽政权逐步向鸭绿江方向扩张。5世纪时，高句丽进入全盛时期，控制了今朝鲜半岛大部和今中国东北的南部地区。集安作为高句丽政治、经济、文化中心一直持续到427年，直到高句丽迁都平壤。668年，高句丽被唐朝所灭。唐灭高句丽后，在集安设置哥勿州都督府，后来又相继成为渤海国、辽、金、元的领土。清代时，集安位列长白山清朝发祥地而被封禁，直到20世纪初方在此设立辑安县，1965年改名为集安县，1988年撤县设市，1994年入选国家历史文化名城。

多彩高句丽，秀丽新集安。集安是鸭绿江流域生态吉林和文化吉林的天作之合，生态和文化在集安集聚，共同书写北国江南的边疆传奇。

# 万源之河

——图们江

↑
图们江

图们江之名源自满语，满语中发音为“图们色禽”，“图们”为万，“色禽”为河源，意为“万源之河”，代表河流的丰富和多元。图们江的故事，就像它的名字一样，蕴含着“万源之河”的丰富内涵。图们江发源于长白山东麓，向东北方向流经和龙市、龙井市，在中游图们市汇集南、北、西各方来水，确有万源之势。随后图们江转向东南，过珲春市出境，注入日本海——真正是东北罕见的一江三国。向东流淌的红土水（红土山水）在赤峰前（不是赤峰市）与弱流水汇合之后的河流正式命名为图们江。作为界河，图们江源头的确定涉及太多因素，其历史十分波澜曲折①，1964年

① 1712年，康熙五十一年，乌喇总管穆克登确定黑石沟为图们江源的伏流处。这是中朝第一次在长白山勘界，立碑于天池东南麓分水岭，明确划分了长白山天池以南界线。1887年的清朝与朝鲜共同勘界，清朝主张以石乙水为图们江正源，以此划定中朝国界。朝鲜代表力主以红土水为图们江正源。

签订的《中朝边界议定书》将红土水定为正源。历史的变迁使图们江具备了生态吉林难得的看点——现代史中的三国演义；与此同时，坐落于图们江流域的东北虎豹国家公园也是唯一涉及边境问题的国家公园。

东北虎豹国家公园作为东北地区唯一的国家公园，坐落在图们江流域的汪清县以及珲春市，著名的跨国河流绥芬河发源于东北虎豹国家公园内，珲春河等图们江重要支流横穿国家公园，充沛的水源为水、陆、空珍稀动物提供了良好的生存环境与栖息地，图们江流域担负着东北亚生态网络的核心地位。穿梭于海洋与河流间的使者——大马哈鱼跨越上千公里，在图们江中洄游往返，进行着生命的更新；图们江畔，东北虎、东北豹在森林深处巡视着自己的领地，野生虎豹与自然生态成为不可分割的生命共同体；图们江上，时不时有候鸟的身影掠过，位于我国候鸟三大迁徙廊道之一的敬信湿地成了多种雁鸭、虎头海雕、白尾海雕、秃鹫的栖居地。

图们江是生态吉林不可或缺的组成部分，同时也在所流经之处上演了属于东北边境地区的“三国演义”。一江连三国，一江有三名。图们江独特的地理区位也使其获得了三个不同的名称——中国称之为图们江，朝鲜称之为豆满江，俄罗斯则称为图曼纳亚河。图们江作为中俄朝三国界河，干流总长525公里，从源头到珲春市防川村的510公里是中朝界河段，从防川村到入海口的15公里为俄朝界河。“近海但不通海”，如此奇特的界河格局是波诡云谲的近代历史所留下的遗憾与无奈，图们江从我国的内河到成为中朝界河，再到朝俄界河，出海口几乎被封锁，这无疑是东北人乃至中国人心中的永远的痛。

↓
春到图们江

↑
东北虎

↑
秃鹫等猛禽在延边州的珲春敬信湿地

↑
图们江美景

↑
图们江入海口俄朝大桥

01

# 大马哈鱼的洄游迁徙之旅

大马哈鱼是图们江流域广泛分布的一种河海洄游型[①]珍贵鱼种。大马哈鱼在中国的学名叫大麻哈鱼，在北美叫Chum Salmon，在日本叫鮭（サケ），在俄罗斯叫Кета。虽然这个名字听起来有些陌生，但其实大马哈鱼就是三文鱼。三文鱼并不专指某一种鱼类，而是多种鲑科鱼类的统称，日料店最常见、最受欢迎的三文鱼刺身八成是来自挪威的鲑属（Salmo）大西洋鲑鱼（大西洋三文鱼），除此之外，约定俗成的三文鱼还有马哈鱼属（Oncorhynchus）的太平洋鲑鱼（太平洋三文鱼），也就是我们本节的主角。

注入日本海的图们江是大马哈鱼在吉林省唯一的洄游通道，也是我国唯二有多种[②]大马哈鱼等溯河产卵性鱼类的国际性河流，图们江还是我国洄游鱼类最多的河流之一。20世纪90年代，每年秋天从日本海洄游而来的大马哈鱼能挤满200米宽的江面，但由于生态环境的变迁，图们江

① 因繁育后代、食物寻觅、季节气温变化等原因，要周期性、结群、长距离的定向游动，称作洄游。其中，大马哈鱼属于河海洄游型，指在咸水和淡水之间洄游以此作为生命周期必要环节的鱼类，它们在淡水中出生，然后迅速银化（Smoltification）适应海水，到海洋当中去茁壮成长，最后再回到自己的家乡产卵繁育。

② 在北太平洋现存的6种大马哈鱼中，驼背大马哈鱼以及马苏大马哈鱼在图们江流域洄游。

↓
大马哈鱼

↑
大马哈鱼鱼卵

↑
大马哈鱼幼鱼

的水量变小，渔业资源也有所枯竭，每年溯洄产卵的大马哈鱼亲鱼仅有2000多尾。

图们江的支流密江虽然只是珲春的一条小河，但这里河水清澈，河床布满石块，是大马哈鱼理想的产卵场。密江乡的“图们江洄游性鱼类繁育放流基地”① 便建在密江河畔，承担着维系图们江流域大马哈鱼种群延续的重任。

### “闹咕咚”的大马哈鱼

大马哈鱼是迁徙距离最远的一种太平洋鲑，作为太平洋鲑中的迁徙冠军，其生命之旅堪称壮丽。它们在长白山脉的清泉中孕育成长，待时机成熟，便顺着江河而下进入大海，经过1～3年的成长，再次不远万里洄游到它们的出生地，回到那个最初赋予生命的故乡，产卵完成繁殖后代的神圣使命，生命也戛然而止②。

在繁殖的季节，雌性大马哈鱼展现出非凡的本领。它们在河流的底部，用坚韧的身躯和尾巴，将鹅卵石拨至两侧，挖掘出一个深深的巢穴。它们产下珍贵的卵子，并与雄鱼的精子结合。随后，它们将这些未来的希望用鹅卵石覆盖，既为了保护卵子不被湍急的水流带走，也为了防御那些嗜食鱼卵的红点鲑。鱼卵被埋藏得很深。这个过程中，河水与石块摩擦发出的“咕咚咕咚”的声音，每当这声音响起，当地人们便知道，那是大马哈鱼回归的信号，于是他们会笑着说：“瞧，大马哈鱼又在‘闹咕咚’了！”

### 生态系统中“基石物种”

大马哈鱼的生命旅程，是一首生态循环的赞歌。作为海洋与河流之间的使者，大马哈鱼的洄游之旅对于生态系统具有至关重要的意义。它们不仅在淡水与咸水间穿梭，将海洋的养分回馈给河流，更在无形中滋养了广

---

① 也称作放流站，通过放养鱼苗来对江河中的原生鱼类进行增殖的保护机构。

② 与太平洋鲑一辈子只洄游一次不同，大西洋鲑洄游到出生地产卵后会再次回到海洋。

袤的森林，其影响之深远，远非单一物种繁衍所能涵盖。这些勇敢的旅行者，通过洄游，将约80%的氮元素——这一植物生长不可或缺的养料，从海洋带回内陆的水域，进而滋养着大地上的绿色生命。

俄罗斯的科学研究揭示了一个令人惊奇的事实：连森林之王——老虎的排泄物中，也留下了大马哈鱼带来的海洋印记。这种海洋向内陆的养分输送，是自然界中难得一见的海洋对河流的反哺现象。在大马哈鱼产卵之地，植物因得到丰富的养分而生长得格外茂盛。

它们的存在，不仅维持着自身族群的繁荣，更是以一种无私的方式，支撑起整个食物链的健康运转。这类物种被称为“基石物种”，因为它们在生态系统中扮演着至关重要的角色，是整个生态网络中不可替代的一环。大马哈鱼的故事，是对自然界精妙平衡的一次深刻诠释，提醒我们要珍视并保护这些自然的守护者。

通往世界的“国际护照”

大马哈鱼，作为一种经济价值显著的鱼类，与东北虎、大熊猫、藏羚羊等国家级保护动物不同，是众多渔民生计的重要来源。在中国，对大马哈鱼的保护策略采用了国际上推崇的“可持续渔业”模式，旨在实现资源的合理利用与长期保护的双重目标。

历史上，大马哈鱼因其在全球多个国家的经济重要性而面临过濒危的境地。由于自然条件下大马哈鱼的受精率和幼鱼成活率相对较低，为了恢复大马哈鱼的渔业资源，各国开始采取人工增殖放流的措施，以增加野生大马哈鱼的数量。在这一过程中，专业人员利用先进的技术和设备，将大马哈鱼卵的孵化成功率提升至惊人的80%以上。中国的各大马哈鱼放流站，遵循自然规律，在每年的10月至11月初，即大马哈鱼洄游季节，采集种鱼进行人工繁育。待到来年春天，冰雪融化之际，即4月下旬至5月初，工作人员将精心培育的大马哈鱼苗放归自然，它们将踏上前往海洋的旅程，继续它们的生命循环。

随着全球范围内大马哈鱼人工放流活动的增多，为区分出是哪个国家

哪个放流站哪一年放流的大马哈鱼等，对大马哈鱼的追踪与识别变得日益重要。为了满足这一需求，国际上采用了一种创新的方法——马哈鱼耳石标记法，即在鱼苗孵化前经历超过 4℃的温度变化，会在耳石上形成一个清晰的标记轮，类似于树干中的年轮，从而为每条大马哈鱼打上独一无二的“身份证”。2018 年，中国的大马哈鱼保护团队迈出了国际化的一步，向北太平洋洄游鱼委员会（NPAFC）申请了专属于图们江珲春放流站的耳石编号，这是中国首次按照国际标准实施耳石标记，意味着中国的大马哈鱼拥有了通往世界的“国际护照”。通过这种科学的标记技术，研究人员能够准确追踪大马哈鱼的洄游路线，了解其在海洋中的生存状况，以及它们返回出生地产卵的情况。这不仅有助于评估放流效果，还为制定更加精准的保护措施提供了科学依据。这也展现了中国在全球渔业资源管理和生物多样性保护方面的积极参与和贡献。

02

## 东北虎的生态回归之路

东北虎，又称西伯利亚虎，是地球上最大的猫科动物。它们以野猪、狍子、马鹿等有蹄类动物为主食，黑色的条纹犹如自然赋予的独特徽章，成为它们个体身份的鲜明标识。

### 出类拔萃的虎中王者

在全球范围内，现存的虎亚种共有六种，分别是孟加拉虎、印支虎、马来虎、苏门答腊虎、东北虎和华南虎，它们的总数量已不足5000只，面临着严峻的生存挑战。在这六个亚种中，东北虎以其魁梧的身躯位居体型之巅，而苏门答腊虎则是体型最小的成员。

东北虎之所以能在猫科动物中独占鳌头，体格魁梧至极，其背后的原因在于19世纪德国生物学家卡尔·伯格曼提出的“伯格曼定律”——同一恒温动物种群中，生活在高纬度地区的个体往往体型更大。东北虎所处的环境是所有虎种中最北、最寒冷的地带，庞大的体型有助于它们在严寒条件下更好地保存热量。历经数百万年的自然选择与适应，东北虎逐渐演化成了一位真正的重量级猎食者。

然而，体型庞大也意味着更高的能量需求。在亚寒带森林中，猎物的数量相比亚热带和热带地区要少得多，因此东北虎需要更为广阔的领地才能维持生存。这一生存挑战使得东北虎相比其他虎种更加独立，更加依赖自身的狩猎技巧与生存智慧。

### 自然界的“全能运动员”

与其他几个亚种比，东北虎不仅体格强健，而且战斗力惊人，其锋利的爪子长达10厘米，犹如精钢打造的利刃；尖锐且修长的牙齿，特别是长达6厘米的犬齿，宛如锋利无比的宝剑，咬合力高达450千克，足以在捕猎时悄无声息地接近猎物，给予致命的一击。

东北虎不仅在力量上出类拔萃，其运动能力也同样卓越。它们一天之内可以跋涉80～90公里的距离，跳跃高度可达两米，奔跑速度更是达到每小时60公里。因此，东北虎无疑是自然界的“全能运动员”，集速度、力量与弹跳力于一身。此外，东北虎还拥有一项鲜为人知的技能——游泳，甚至能够进行潜泳，这与许多怕水的猫科动物形成了鲜明对比。

作为森林生态系统中的关键物种，东北虎的生存离不开充足的水源。东北虎是亲近水的生灵，它们不仅在水域及其周边区域有效地追踪和捕捉

↑
雪地里的东北虎

猎物，获取食物；还在这里开展社交活动，在繁殖季节，东北虎常常在水边寻找伴侣。同时，东北虎对于水质的要求也非常严格，必须保持纯净无污染的状态，确保水源地远离人类居住区，避免人为干扰。因此，一个理想的东北虎栖息地应该包含大面积的水面和湿地，以满足它们的生活需求。

冬季，东北虎迎来了一年一度的繁殖季节。此时，雌虎会在森林中精心布置，每隔200米就做一个特殊的记号，仿佛是在举办一场盛大的“森林舞会”，邀请心仪的雄虎共赴盛宴。在宁静的夜晚，雄壮的东北虎甚至会在江岸边发出深沉的吼声，召唤远方的朋友，一同前往长白山的怀抱。

从濒临灭绝到“虎啸山林”

回溯至一个世纪前，东北虎曾是亚洲东北部的霸主，其足迹遍布中国东北三省、朝鲜半岛以及俄罗斯远东的广袤土地。在中国东北的深山老林中，曾有过“众山皆有虎”的繁荣景象。然而，随着时间的推移，人类活动的不断扩张和对自然资源的过度开采，导致东北虎的生存环境遭受严重破坏，其种群数量急速下降，全球仅存不足600只——基本在俄罗斯，

↑
长春的东北虎

种群处在濒临灭绝的边缘。在长白山脉一带，东北虎的身影几乎消失，到了 1998 年，长白山林区的东北虎数量锐减至剩 6 ～ 9 只[①]。

东北虎作为食物链顶端的顶级掠食者，对维护生态平衡起着至关重要的作用。当东北虎种群繁盛时，意味着整个生态系统中的其他物种也保持着良好的健康状态。反之，一旦东北虎消失，食草动物的数量可能会失去控制，进而对森林植被造成破坏。

幸运的是，随着人类环保意识的觉醒和保护措施的加强，野生东北虎的数量开始出现复苏迹象。在中国境内的图们江流域，这一珍稀物种重新回到了它们曾经的家园。如今，在珲春、汪清、黄泥河等林区，越来越多的证据表明野生东北虎的活动日益频繁，它们正逐渐重塑昔日“虎啸山林”的辉煌。

**一山不容二虎**

一只成年雄性东北虎的领地范围可广达 1000 余平方公里，而雌虎则

---

① 这一数据是估计数，当时并没有明确的证据。

相对较小，为 450 ~ 500 平方公里——可谓是“千山才容一虎”。之所以需要如此之大的领地面积，主要是因为没有这么大的地盘就没有足够能养活东北虎的食物。然而即便面积再大，东北虎也绝不允许其他同类侵入自己的疆域。它们具有强烈的领地意识，会频繁地巡视边界，并通过蹭树、喷尿等方式标记领地界限，以此宣告自己的统治权。然而，领地意识极强的东北虎却会将珍贵的部分领地传承给“女儿”，或是把所有领地都让给“女儿”，自己在周边区域建立新的领地，或是第三种模式——“女儿”在母亲的周边建立自己的区域。而对性成熟的雄崽则无情驱逐，迫使它们远离出生地去开辟新的生存空间。这么看来，就连老虎也懂得规避近亲繁殖。

“东北虎豹之乡”——珲春

虽然珲春这个城市的名字听起来有些许陌生，但这里就是传说中的

↑
东北豹

↓
东北虎豹国家公园

↑
东北豹

↑
东北豹

“东北虎豹之乡”，2007 年 6 月，北京师范大学生物多样性研究团队，就是用布置在这里的红外相机，拍摄到了我国境内第一张自然状态下的野生东北虎。珲春位于中国吉林省东部，属于中温带气候区，背靠连绵起伏的山脉，面向浩瀚的海洋，拥有得天独厚的自然条件。这里植被丰富，河流密布，形成了典型的温带针阔叶混交林生态系统，被誉为北半球温带生物多样性最为丰富的地区之一。如此优越的环境为东北虎、豹等珍稀野生动物提供了理想的栖息地，使之成为我国东北虎豹国家公园的核心区域。

吉林珲春东北虎自然保护区成立于 2001 年，2005 年晋升为国家级自然保护区，2017 年划入东北虎豹国家公园管辖，2021 年东北虎豹国家公园等第一批国家公园正式设立。东北虎豹国家公园内的野生东北虎和东北豹数量显著增长，分别从 2017 年的 27 只和 42 只增加到了超过 50 只和 60 只。野生东北虎豹的分布范围也在逐步扩大，成功实现了在吉林省境内的稳定繁衍和生息，珲春及周边地区已成为我国最重要的东北虎豹栖息地。其中，编号为 T3 的雌性东北虎更是创造了一个繁育奇迹。2014 年 5 月，红外相机首次捕捉到 T3 带着一只幼崽的身影；2016 年，它再次携带着两只幼崽出现在镜头前；2018 年 5 月，T3 竟然带领着四只幼崽一同亮相；到了 2022 年，T3 又一次被拍摄到怀孕的画面。

这一系列连续的成功繁育案例，不仅展示了东北虎强大的生命力和繁殖能力，也充分证明了珲春地区生态环境的良好状况和保护措施的有效性。

03

## 候鸟栖息的敬信湿地

在中国、俄罗斯、朝鲜三国交界的地方，有一片土地被图们江贯穿，湖泡连片；在中澳、中日两条候鸟迁徙路线交会的地方，有一片土地被南北迁徙的鸟类种群青睐，这里就是珲春市的敬信湿地。

### 壮丽的候鸟迁徙

鸟类大致可分为留鸟和候鸟，是鸟类遵循大自然环境的一种生存本能反应。留鸟是指一直在某一区域生存的鸟类，一年四季都可以看到；候鸟则会每年随着季节变化有规律地改变栖息地，这种行为在动物学上称为“迁徙”[①]。一般来说，候鸟在秋季告别繁衍后代的故乡，向南方温暖地带迁徙过冬，待到来年春暖花开之际，再踏上归途返回北方的繁殖地。候鸟迁徙主要是由于严寒导致水源、食物资源乃至栖息地冻结，迫使候鸟不得不南下寻求更为适宜的生存与繁衍环境。此外，高纬度地区夏季昼长夜短，为候鸟提供了充足的觅食机会。

地球上的鸟类种类接近一万种，其中超过三分之一具有迁徙习性。这

---

① 旅鸟是迁徙季节经过某个区域的鸟类；夏候鸟是在某个地区的夏季能看到的鸟类，通常是繁殖地；冬候鸟就是在某个地区的冬季能够看到的鸟类，通常是越冬地。吉林等东北地区的候鸟大都是夏候鸟。

↑
白鹤

些候鸟在繁殖地与越冬地之间，遵循相对固定的航线进行季节性的往返飞行，它们每年所经过的路线汇聚成“候鸟迁飞通道”。目前，全球已知的主要候鸟迁飞通道共有九条，其中有四条通道经过我国境内，自东向西依次为西太平洋候鸟迁飞通道、东亚—澳大利西亚候鸟迁飞通道、中亚候鸟迁飞通道以及西亚—东非候鸟迁飞通道。每年春秋两季，无数候鸟便开始了它们壮丽的迁徙之旅，穿越高山、河流、海洋，从北半球到南半球，或从东半球到西半球，完成一场场令人震撼的生命迁徙。

候鸟的“五星级驿站”

敬信湿地位于图们江下游，也称为图们江下游湿地，水域沼泽面积达8000余公顷，是吉林省重点保护湿地之一。敬信湿地是世界上为数不多

↑
白枕鹤

↑
丹顶鹤

的自然水生湿地，动植物资源丰富，食物链充足，冬暖夏凉、温和湿润的气候适合众多动植物生长，成为众多鸟类迁徙、繁衍和栖居的地方。这里是西伯利亚南迁候鸟进入中国的第一站，每年初春，60 余种、数十万只迁徙候鸟都会来到这里驻足歇息、补充体力。这里已经成为中国候鸟三大迁徙廊道之一，被誉为候鸟迁徙的“五星级驿站”。

敬信湿地作为一处宝贵的自然保护区，已经成为多种鹤类的家园。白枕鹤、丹顶鹤、灰鹤和白头鹤都在湿地现身。白枕鹤以其头部醒目的白色斑纹和修长的身姿引人注目；丹顶鹤则以头顶鲜红的肉冠和洁白的羽毛，成为众多摄影爱好者镜头下的明星；灰鹤凭借其灰褐色的羽毛和优雅的飞行姿态，在湿地的天空中留下了一道道美丽的弧线；而白头鹤则以其独特的黑白配色和温和的性格，成了湿地生态系统中不可或缺的一分子。

除了鹤之外，敬信湿地还生活着一种珍稀的物种——被誉为“鸟中国宝”的东方白鹳。它们是一种栖息于湿地的大型水鸟，主要繁衍地就位于我国东北部。遗憾的是，这种美丽的生物在全球范围内的野生种群数量仅剩寥寥数千，使其成了濒临灭绝的物种之一。东方白鹳对其栖息地的选择

↑
东方白鹳

↑
白头鹤

极为挑剔，这使得它们成了衡量湿地生态健康状况的重要指标，享有“湿地生态指示物种”的美誉。

2024 年的 3 月，逾百只国家一级保护动物——东方白鹳翩跹而来，在敬信湿地栖憩。这是首次在珲春记录到如此庞大的东方白鹳群体①，鸟类种群数量的变化也从侧面反映出珲春生态的日益向好。

这里也曾因围垦、农药化肥的使用等人为影响面临生物多样性的危机，幸好随着湿地的保护，各种鸟类陆续现身敬信湿地，彰显了敬信湿地良好的生态环境。

“摄”雕英雄传

敬信湿地凭借星罗棋布的湿地以及优质的自然环境，不仅成了大雁、金雕、白尾海雕、虎头海雕等珍禽候鸟迁徙、繁衍的栖居地，难得的“珍禽聚会”也吸引了无数摄影爱好者慕名而来，龙山湖已成为世界观鸟拍鸟

① 珲春市林业局野生动植物保护管理科工作人员刘国庆介绍：“从监测的数据来看，往年东方白鹳的数量大概是 20 只，2024 年截至目前就已经有百余只，包括一周以前有千余只白枕鹤，这些数量的增长是非常惊人的。”

↑
白尾海雕

胜地。

国家一级保护动物白尾海雕和虎头海雕等珍稀猛禽是这里的熟客。每年早春，迁徙过境的白尾海雕会在龙山湖上补给集结停歇。“鸟中老虎”白尾海雕生性凶猛，战斗力爆表。它们结伴行动在空中翱翔滑行搜索鸟类和中小型哺乳动物，或者在水面低空飞行，这时的冰面正在融化，能够寻找到更多的鱼类，待搜寻到猎物后，便迅速降落抢食打斗，胜出者还会发出响亮的叫声。

虎头海雕的鸣叫声就要深沉嘶哑许多，特别是争夺食物时犹如山中的虎啸，颇有森林之王的气势。它们体重敦实，是世界上鹰科鸟类平均体重的王者。这两大重量级猛禽不仅是天空霸主，在冰面上溜达时也一摇一摆的健步如飞，但多了些滑稽。为避免足部被冰面冻伤，这些猛禽的血液在流向足部时，温度会降至比冰面略高。

初春时节，来自全国各地的上百名摄影爱好者，在敬信湿地龙山湖畔

架起了“长枪短炮”，一字排开。冰面上，虎头海雕、白尾海雕等珍稀猛禽，或闲庭信步，或低空盘旋，或争食搏击，展现了一幕幕群“鹰”荟萃的生动景象。摄影师们的快门声便此起彼伏，竞相捕捉猛禽飞舞、觅食的精彩瞬间，感受东北猛禽带来的野性震撼。

## 海兰江畔稻花飘香<br>——平岗绿洲

海兰江发源于和龙市巍峨的甑峰岭山脉，从和龙市贯穿龙井市，尽管全长不过 145 公里，但在 20 世纪 60 年代，它因两首脍炙人口的歌曲而声名鹊起。其中一首是《延边人民热爱毛主席》，这也是金凤浩的成名作，创作于 1965 年，歌词中唱道：“长白千里歌声嘹亮，海兰江畔红旗飞扬。”另一首则是《红太阳照边疆》，创作于 1 年后，即 1966 年，歌颂了“海兰江畔稻花飘香”的田园风光。海兰江从名不见经传的图们江三级支流变得家喻户晓。图们江的一条支流是嘎呀河，嘎呀河的一条支流是布尔哈通河，布尔哈通河的一条支流才是海兰江。作词者金凤浩后续也创作出了更多脍炙人口的歌曲。2019 年,《红太阳照边疆》荣获《歌声唱响中国》“最美城市音乐名片优秀歌曲奖”，其旋律至今仍广为流传。

↑
海兰江畔金土地

贡米“卢城之稻”

提到东北大米，人们的第一反应多是“五常大米”，其实海兰江中游的河谷地带自古便是“稻花飘香”的富庶之地。《新唐书·渤海传》记载：“俗所贵者，曰太白山之菟，南海之昆布，栅城之豉，扶余之鹿，鄚颉之豕，率宾之马，显州之布，沃州之绵，龙州之紬，位城之铁，卢城之稻，湄沱湖之鲫。”

早在唐朝时期，1400年前，以吉林为中心的渤海国盛产的贡米——卢城之稻[①]，作为中京显德府特产，由渤海国向唐朝纳贡，有着“重如沙、亮如玉、汤如乳、溢馨香”的特质。到后期，“卢城之稻”还被引种到日本与朝鲜半岛，成为日本和韩国优质大米的母本，对世界稻谷种植历史产生深远影响。

“卢城之稻”之所以能成为贡品“御米”，与得天独厚的地理条件有

① “卢城之稻”原名为“龙成之稻”，意为由龙脉之水孕育而成的稻米，后为避免大唐天子忌讳，故改名为“卢城之稻”。卢为江边苇，去草方为稻，灌龙脉之水，蕴而成之。

↑
光东村水稻

着密不可分的联系。优质水稻的秘密藏在北纬 40° ~ 45° 的区域，光照条件、日间温度、昼夜温差、光照率等一系列指标严选着“黄金水稻带”。这里地处北纬 42°，拥有优质水稻生长的理想气候条件。

**和龙“平岗绿洲”**

位于海兰江流域平岗平原之上的和龙市，是延边朝鲜族自治州的主要水稻主产区。东城镇的平岗水田是延边地区最大的水稻基地，春夏时节，大面积绿油油的水稻田呈现出一幅令人心旷神怡的绿洲景象，被誉为“平岗绿洲”。

“平岗绿洲”是一片被自然恩宠的大地，平岗绿洲拥有肥沃的天然黑土，所富含的营养成分能满足水稻的茁壮成长的条件，此外一年之中长达 6 个月的休耕期使土壤能得到充分休整恢复。作为延边地区最大的水稻基地，在这片“一碧万顷”的绿洲之中，稻田波澜起伏，仿佛是大海中的碧波。在收获的季节，登上碧岩山放眼远望，壮观的稻田美景尽收眼底：一道道水渠如同纤细的丝带，将每一片稻田轻柔地系在一起；金黄色的稻田，如同一片金色的海洋；徜徉在稻田海洋，满眼的金黄传递着收获的喜悦，仿佛闻到了沁人心脾的稻香。

在这片绿洲里，每一道风景都是自然的恩泽，每一粒米都孕育着滋养生命的活力。平岗绿洲的稻米，不仅有着晶莹剔透的外观，更有着丰富的营养价值。米饭散发出的香气、洁白细腻的色泽、油润光泽的口感和黏软适口的味道，无不证明这里是名副其实的有机水稻之乡，为积极筑牢“东北粮仓”做出了突出贡献。

05

## 中朝边境线上的春天信使——金达莱

位于图们江上游北岸的和龙市地处长白山东麓，与朝鲜的咸镜北道、两江道隔图们江相望，素有“长白山下金达莱、最美中朝边境线”的美誉。

### 春天到来的信使

每年年初，长白山区还是冰天雪地，树木还没有从冬眠中苏醒时，生机已然开始萌发。在深谷里向阳的山坡上，粉红色的山花迎风傲雪，争相怒放，连成片浓艳至极，单看一两枝又清幽俏丽。当地居民亲切地称呼这种花为“达达香”，朝鲜族人民则称之为“金达莱”。金达莱在严冬时节便开始酝酿生机，每当春意未浓、寒风依旧凛冽之时，金达莱便在寒风中昂首绽放，似乎在向世人宣告春天的临近，因此被赞誉为春天的使者，象征着坚贞、美好、吉祥和幸福。

↑
苞叶杜鹃

↑
杜鹃映雪

金达莱是什么花

金达莱花的形态宛如一个小巧的钟，色彩缤纷夺目，涵盖了粉红、洁白等多种色调。关于金达莱到底是什么花，有的人认为是兴安杜鹃，有的人认为是迎红杜鹃。其实，这两种说法都不准确，金达莱花是个统称，是杜鹃花的别名，包括兴安杜鹃、迎红杜鹃、大字杜鹃、毛毡杜鹃等品种，并不专指某一种。杜鹃花还有许多名字，比如满山红、照山红、达子香、达紫香、山石榴等。关于迎红杜鹃与兴安杜鹃的关系，植物学界存在不同的见解。一部分研究者认为两者本质上是同一物种，只是在形态特征和地理分布上略有差异：迎红杜鹃的花朵较为硕大，冬季时叶片会全部脱落；而兴安杜鹃的花朵稍显娇小，属于半常绿植物。另有一些学者则主张将其细分为四个独立的种类。无论采取何种分类方式，它们同属杜鹃花科杜鹃花属的迎红杜鹃亚属，彼此间具有极其密切的亲缘关系。

必须补充的是金达莱的花，尤其是花药，毒性不低，叶子甚至可以做杀虫剂。从这个角度上，实在不适合在室内摆放养植，因此网上的“干枝杜鹃”一定慎重购买，更别提食用乃至泡酒了，误食会引起中毒。虽然兴安杜鹃已经初步开展了栽培研究，但距离大规模的市场化还有很长一段路，因此网上买到的“干枝杜鹃”几乎都是山上盗伐的。

春到延边春意浓

金达莱是延边朝鲜族自治州的州花[①]，是延边春季最早开放的花朵之一。春季来临时，在延边州和龙市南沟村的金达莱花观赏基地，成片的金达莱花竞相开放，犹如彩霞覆盖在群山之上，美轮美奂，又如同烈焰般炽热夺目。游客们可以在仙景台景区和军舰山景区跟随金达莱花盛开的足迹，享受一段生机勃勃的春日生态之旅。而在龙井市的彝福生态有机牧

① 其实金达莱花并不是朝鲜的国花，在1960年之前，南北朝韩两国的国花是木槿花，之后朝鲜改为天女木兰。

↑
长白山高山杜鹃
←
兴安杜鹃
→
杜鹃花

↑
延边朝鲜族民俗文化城

↑
朝鲜族民俗

↑
吉林延边：金达莱旅游节开幕

场，那里广阔的野生金达莱花海更是罕见，成为延边地区的一大亮点。

图们市的日光山森林公园以其主峰海拔 400 米的地理优势，使得登山远眺成为可能，不仅可以俯瞰中朝两国的壮丽景色，还能在每年的四月份欣赏到山麓与山坡上盛开的金达莱花。那一抹抹鲜红点缀在翠绿之间，构成了一幅名为“春到延边春意浓”的自然画卷。游客可以选择乘车或徒步的方式，尽情领略。

朝鲜族风情的象征

金达莱是朝鲜语“진달래”的音译，金达莱花承载着浓郁的朝鲜风情。朝鲜民族历来对金达莱怀有深厚的情感，在忠清北道发现的距今 20 万年的古人类遗址中，便出土了大量的金达莱花叶化石和花粉。在朝鲜半岛，金达莱几乎无处不在，是人们生活中最为熟悉的花卉之一。

和龙市素有“金达莱故乡”的美誉，是朝鲜族重要的聚居地之一。位于和龙市西城镇的金达莱村是独具朝鲜族特色的百年古村，享誉中外的金达莱国际文化旅游节就在此举办。每届文化艺术节持续五天，既保留了传统的节日庆祝元素，又在主会场及各分会场精心策划了一系列富有朝鲜族风情的特色美食展示，包括万人共同制作辣白菜、百米长的米肠制作、千人的拌饭盛宴以及精美的花糕摆台等。此外，节日期间还穿插了朝鲜族传统体育项目如跷跷板、摔跤比赛、非物质文化遗产传承人与游客的现场互动，以及朝鲜族传统婚礼的生动再现，更有规模宏大的文旅歌舞秀《故乡金达莱》精彩上演，向游客提供丰富多彩的文化体验。游客在这里可看美景、品美食、住民宿、赏歌舞，亲身参与体验朝鲜族民俗文化活动。

06

# 金达莱盛放的人间仙境——和龙仙景台

金达莱作为和龙的“春日顶流”，每当春季，满山的金达莱花争奇斗艳、美不胜收。而位于和龙市南坪镇的仙景台就是拍照打卡、赏金达莱花的绝佳胜地。

**“天下第一仙景”**

据《新唐书》记载，文王为发展制铁业，常去铁州（今朝鲜茂山）。传说在一次从铁州返回的旅途中，文王被路旁盛开的金达莱花所吸引，在随行臣属的陪同下，文王来到了名为独秀峰的地方。就在文王尚未下轿之时，天空突变，一片浓密的云雾迅速聚集，将他们笼罩其中。转瞬之间，云海翻滚，独秀峰的顶峰若隐若现，宛如波涛汹涌的海面孤岛，景象异常壮观。面对此情此景，文王不禁赞叹道：“正是仙景台也！”自那以后，仙景台的美名便流传开来。

**大自然的鬼斧神工**

仙景台是典型的花岗岩地貌，站在仙景台的高处远眺，可以清晰地看到花岗岩群峰错落有致地分布在山脉之中，仿佛是大自然精心布置的一幅画卷。这些壮观的岩石结构堪称大自然的鬼斧神工，是经过第四纪早更

新世 166 万年前的火山岩浆岩喷发后，在土层地下模型中逐渐冷却而形成的。

仙景台主峰海拔 920 米，其独特形态是在多组裂隙和球状风化的共同作用下塑造而成的。这些裂隙和风化作用使得花岗岩呈现出了独特的风貌。有的岩石表面光滑如镜，仿佛被大自然的雕刻师精心打磨过；有的岩石则呈现出粗糙的质感，仿佛经历了无数风雨的洗礼。在这些岩石之间，还可以看到许多由风化作用形成的小洞穴和裂缝。这些小洞穴和裂缝为仙景台增添了几分神秘感，让人们不禁想象着这里曾经发生过的故事。

奇峰、奇松、奇岩、奇花

仙景台集“雄、奇、险、绝”于一身，令人流连忘返，在领略奇峰、奇松、奇岩、奇花以及云海日出的壮丽景色、惊叹于大自然的神奇造化的同时，感受天地间的壮丽与神秘。群峰雄伟壮观，直插云霄，鬼斧神工般的造型让人啧啧称奇。三兄峰如同三个巨人，亲如兄弟般耸立在主峰顶部，显得格外威严而神秘。站在峰顶，抬头仰望，奇峰、奇岩错落叠压，似随时倾塌之势；低头俯瞰，脚下万丈悬崖深不见底，云海滚滚，无边无际。这种震撼人心的美景，使人感受到大自然的伟大与神奇。

现今的仙景台已经成为国家级风景名胜区，包含了仙景山、高丽峰、骆驼峰、金猪峰、金龟峰等十座著名山峰，此外还有仙人岩、仙耳岩、象鼻岩、神仙宫等十大名岩，独具风采、各有千秋。在峰顶和悬崖峭壁上，生长着数百年历史的盘龙松、弓龙松、仙丽松、天龙松、夫妻松等名松群，它们背负着沉重的岩石，顽强地向上生长，展现出生命的坚韧。群峰中的金达莱花群、飞流直下的瀑布、山峦间的云海日出，以及七星寺遗址和渤海国遗址等历史文化遗迹，构成了风景区内的三百余处景观。一座座山峰如同守护者，屹立在图们江上游的葱郁林海之中，守护着被誉为“天下第一仙景”的生态胜地。

07

# “苹果梨的故乡”——龙井

图们江从和龙市流入了龙井市，浇灌出“果树成行”的富庶之地。此龙井非杭州西湖的龙井，这里是朝鲜移民最先抵达的地区之一，龙井市作为中国朝鲜族文化的发源地，同时也是我国境内朝鲜族人口聚居最为密集、传统文化保持最为完好的区域之一。

这里被誉为“苹果梨的故乡”，龙井的苹果梨以其卓越品质赢得了国家生态原产地保护产品和国家地理标志产品的双重荣誉，成为地方特色农业的一张亮丽名片。

**苹果梨的全球起源**

1921 年，龙井市桃源乡的农夫崔昌浩巧妙地将六枝从朝鲜咸镜南道北青郡（朝鲜最著名的苹果产地）的苹果杈枝与自家院子里的山梨树杈相结合，他嫁接的枝条开花结果后，诞生了一种品质卓越的新梨种——苹果梨。这个果实既不是苹果也不是梨，经过储藏，一面呈黄色如梨子一般，另一面呈红色如苹果一般，清爽甘甜，它既适应北方地区寒冷气候的特点，又有产量高、保质期长等优点。苹果梨从最初只在小箕村由村民一传十，十传百，到延边州的种植，再到如今被广泛普及到中国北方 14 个省

（区、市），以及朝鲜、俄罗斯和欧洲一些国家。

这一创新之举不仅开启了苹果梨的全球起源，更在其后的发展中，衍生出了一套完整的苹果梨种植体系，涵盖了农具制作、耕作方式、民俗风情以及苹果梨自身演变的文化内涵，形成了一条清晰的“野生山梨—人工嫁接山梨—苹果梨—苹果梨文化”的产业发展脉络。这一系统不仅见证了延边苹果梨产业的百年历程，也珍藏着苹果梨的起源与传承，构筑了“百年苹果梨产业、百年苹果梨遗存、百年苹果梨起源”的深厚根基。2015年，延边苹果梨栽培系统荣膺中国重要农业文化遗产，成为水土保持、生态修复与农民增收完美融合的典范。

得益于延边地区得天独厚的地理气候条件，延边苹果梨以其独特风味被誉为“北方梨之秀”。延边州的延吉、龙井、珲春、图们、和龙等地，因其肥沃土壤、凉爽气候和显著的昼夜温差，成为苹果梨生长的理想之地。其中，龙井的万亩苹果梨园不仅是亚洲最大的标准化苹果梨生产基地，也是一处集自然美景与民族风情于一体的观光胜地。这片果园依偎在帽儿山斜缓的山坡旁，紧邻龙井市区，游客在此不仅能领略到海兰江畔朝鲜族乡村的原生态风光，还能沉浸在朝鲜族人民悠然自得的田园生活中，感受独特的民族韵味。

苹果梨“百年祖树”

延边苹果梨的文化魅力与朝鲜族的民俗精髓紧密相连，关于苹果梨的历史故事、民间传说、旅游体验以及文学创作丰富多彩，数不胜数。每逢农历新年伊始，当地的果农们便会怀着敬意，携带红布条前往历经沧桑的祖树下，将红布条悬挂于枝头，祈愿借助祖树百年的灵气，庇护来年风调雨顺，果实累累。

龙井人民将苹果梨的“百年祖树”视为精神家园的象征，将其视为家乡的荣耀，因此创作了许多以苹果梨为主题的歌曲、舞蹈和诗篇，如“碎玉绡冰满枝头，香雪扑面老树瘦。一江寒露春带雨，万亩梨园尽娇羞”，生动地描绘了苹果梨园的壮观景象，展现了延边地区深厚的文化底蕴和独

↑
延边苹果梨花开

↑
“百年不梨”延边苹果梨栽种 100 周年庆典活动

特的艺术魅力。

苹果梨景区一年四季各具特色：春日赏花，万亩梨园如雪海般绚烂；夏日观果，点点繁星缀满枝梢；秋日品味，硕果甘甜爽口沁心。每年“五一”前后，梨花盛开，整个果园仿佛披上了洁白无瑕的花衣，让人心旷神怡。到了中秋时节，除了传统的赏月与品尝月饼之外，延边的居民还会享用几个甜美多汁的苹果梨，以此寄托家庭团圆和生活幸福的美好愿望。同时，精美的苹果梨礼盒也成为人们互赠亲友，传递祝福的文化象征。

**绿色琵岩山·红色“一松亭”**

龙井的自然环境滋养了这里的多元民族群体，孕育出了独具特色的朝鲜族文化，也沉淀出琵岩山壮阔的山水风景。琵岩山这座天然公园，坐落于吉林省延边朝鲜族自治州龙井市，距离市中心仅三公里。登临山顶，向东可饱览龙井市的繁华全貌，向西则能欣赏到连绵不断的苹果梨园，海兰江蜿蜒流淌，两岸是丰饶的平岗绿洲景象。正如经典歌曲《红太阳照边疆》中所吟唱的“长白山下果树成行，海兰江畔稻花香”，描绘的恰是这片美景。

琵岩山在源源不断“生命之水”——海兰江的滋养下，形成了郁郁葱葱的山林，除此之外还完好无损地保留着五千年前新石器时代的文化遗迹以及抗日战争时期龙井人民抗争的历史见证——“一松亭”。一松亭是琵岩山的核心景点，原本有一株古老苍劲的松树屹立于此，远观其冠盖形似凉亭，松针层层叠叠犹如覆盖的青瓦，宛若一座精致的华亭，当地民众视之为吉祥之物，故名“一松亭”。在日本侵略者统治延边期间，一松亭成了龙井反日志士频繁聚集之地，逐渐成为延边人民心中抵抗外侮的象征。然而，这份坚韧不拔的精神引起了日本侵略者的恐慌与敌视，这棵象征自由与希望的松树被摧毁。如今，游客只能看到重建的亭子和纪念碑。2002 年 4 月 1 日，“一松亭”被列为吉林省、延边州及龙井市三级政府共同认定的重点文物保护单位，也成了爱国主义教育基地，让一代又一代青少年牢记历史，弘扬爱国主义以及民族自强精神。

# 08

# “一眼看三国”的中国东方第一村——防川村

防川，一个可以看见甚至听见波涛翻滚，却又只能望洋兴叹的地方，沿图们江顺流而下约 15 公里即可进入日本海；防川，一个中国到朝鲜东海岸、日本西海岸，以及北美北欧的最近点，这里是我国唯一的中、俄、朝三国交界处，东南与俄罗斯的哈桑镇毗邻，西南与朝鲜的豆满江市隔江相望。“鸡鸣闻三国，犬吠惊三疆，花开香四邻，笑语传三邦”就是对防川地理位置的真实描述。

## 中国东方第一村

在珲春市防川风景区的张鼓峰脚下，坐落着一个被称为“中国东方第一村”的防川村。防川村的人口总数不过百余人，所有的村民均为朝鲜族，至今仍完整保留着朝鲜族的文化气息与民族特色，使其成为吉林省乃至全国少有的纯正朝鲜族聚居村落，堪称研究与发展朝鲜族民俗文化的活态宝库。在这里，象帽舞、洞箫演奏等传统艺术表演生动展现了“白衣民族”的魅力，吸引着四方宾客驻足欣赏。

防川村不仅有着浓厚的朝鲜族民族文化，因其独特的地理位置，更是成为“一眼看三国”的旅游胜地。登上防川村观景台——龙虎阁，三国风

↑
珲春防川一眼望三国

↑
珲春防川第一村牌楼

↑
珲春市防川村防川风景名胜区洋馆坪大堤

↑
防川——东方第一村晨曦

光一览无遗地展现在眼前：目光东望，俄罗斯滨海边疆区的一个边境铁路小站——包得哥尔那亚映入眼帘；转身西顾，通过图们江对岸，朝鲜罗先市的连绵山峦静静伫立；再向前延伸视线，越过滨海平原上的湖泊与沼泽，隐约可见日本海在天际线处与苍穹融为一体。

防川村的“常住民”

走进防川村，映入眼帘的是一幅美丽的画卷。一座座青瓦白墙、飞檐翘角的朝鲜族传统民居矗立在这里，散发着古韵十足的气息。这些朝鲜族传统民居有着独具特色的建筑风格，仿佛穿越时空，让人感受到浓厚的朝

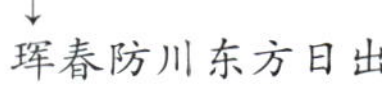

↓
珲春防川东方日出

↑
防川图们江晨曦

鲜族文化民俗氛围。古老的石磨、富有朝鲜族特色的红色尖顶凉亭、泥瓦稻草砌成的墙垣散布在防川村的各个角落，可谓是“五步一画、十步一景”。

漫步防川村，洁白的海鸥时而在天空中翱翔，时而在湖中觅食，优雅的身姿给人带来一种宁静与和谐之美。在防川村，海鸥已经成了“常住民”；它们在这里觅食、嬉戏打闹，给防川村增添了一份生机与活力。每当候鸟迁徙时节，防川村更是成了珍稀鸟类的天堂。大雁、天鹅、鸳鸯、白尾海雕、虎头海雕、丹顶鹤、短耳鸮等珍稀鸟类纷纷驻足停留，为这个位于边境线上的村庄带来了生机与活力。

# 平原之脉

## ——其他重要水体及流域

众所周知，我国的总体地势特征为西高东低、三级阶梯，所以全国大多数地方是一江春水向东流。但吉林省的地势恰好相反，地势由东南向西北倾斜，呈现出明显的东南高、西北低的特征，所以吉林的山水呈现以长白山为中心向四周流的特征。这一罕见的地理现象是由吉林省东部的长白山脉与西部的松辽平原的地理分布所导致的——从东南部的山区到西北部的河谷和湿地，海拔依次降低，且向西向南的河流与发源于大兴安岭等山脉的河流共同冲积出了广袤的松辽平原。

↓
松花江雾凇仙境

↑
松花江

长白山脉及其孕育的松花江、鸭绿江、图们江三条江，在本书的前四篇章中已逐一介绍。放眼生态吉林的山水架构，还有重要的一部分就是松辽平原之脉——松花江和辽河。

我国三大平原之一的东北平原由三江平原、松嫩平原、辽河平原三大平原组成，由于松嫩平原和辽河平原在地理上相连，所以又并称为松辽平原。位于吉林省范围内的松辽平原以低矮的松辽分水岭[①]为界，北侧为松嫩平原，南侧是辽河平原。

在广阔的松辽平原上，从大兴安岭山林深处发源的嫩江与辽河流经的吉林省西部，有这样两座城市——白城和松原，这里拥有吉林省 99% 的湖泊。虽然这里地处半干旱草原地带，蒸发量是年降水量的 3 倍，紧邻科尔沁沙地，还分布有盐碱地，却有着超出你想象的湖泊沼泽，这片区域塑造了东北水乡的奇迹。本篇章的主角便是造就了松辽平原的嫩江与辽河，及其周围密布的湖泊、湿地与沼泽。

---

① 长岭—怀德—公主岭

# 松嫩平原之脉——嫩江

“嫩江”既是江河名，又是城市名。从江河角度来看，嫩江并不如黑龙江那般尽人皆知；从城市角度来看，嫩江也远比不上松花江城哈尔滨那样繁华。无论作为一条江河，还是作为一座城市，嫩江都显得似乎有些寂寂无名，但正是嫩江悄无声息地孕育了富饶美丽的黑土地。

嫩江因水色而得名，“嫩”字源自女真语，为“碧”“青”之意。回溯历史，嫩江的名称可谓是相当多变：南北朝时称为难水或难河，又称㮈河；唐朝称那河（水）；辽代称乌纳水、纳河；元朝称纳兀河、脑连水，或称孛苦江、那兀江；明朝称脑温江；清朝称诺尼江。

嫩江发源于大兴安岭地区伊勒呼里山东南麓，南瓮河是其正源，在呼玛县的十二站林场与东源的二根河（又称根河）汇合后开始向南流淌，自此之后被称为嫩江。嫩江绵延1370多公里，流经内蒙古自治区、黑龙江省，最终进入吉林省，在三岔河镇与西流松花江汇合，之后向东流淌，改称松花江（亦称东流松花江），嫩江是松花江最大的支流。

当嫩江流入吉林省时，已处于下游，从白城市延伸至松原市，河道曲折，河床宽阔，水流平缓。松嫩平原低洼的地势在这里形成了罕见的内流区，孕育了乌裕尔河、霍林河等内流河；也造就了极高密度的湖泊与湿地：包括查干湖、月亮泡等内陆湖泊，还有向海、莫莫格、四海湖等湿地洼地。

这些湖泊和湿地是自然的馈赠，丰富多样的植物群落为野生动物提供了栖息空间，成为西伯利亚和东北地区候鸟迁徙的重要驿站，白鹤在这里寻找食物，停歇补充体力；像海绵一样的湿地在汛期蓄水调洪，守卫这方土地；独特的湿地生态景观赋予这里极佳的生态旅游资源；水资源孕育了丰富的渔业资源，成了国家重要的生态基地和渔业生产基地，承载着传承已久的渔猎文化。这些珍贵的湿地又十分脆弱，这里干旱少雨，过去围湖造田，开垦土地、放牧等人类活动曾对这些湿地造成不良影响。好在，我们正在采取适度的修复行为，保持湿地的活力。同时也润泽着这里的土壤，盐碱地化身农业发展的沃土，见证了荒地变为丰饶粮仓的奇迹。

↓
嫩江沿岸鸟瞰图

01

# 松青嫩黛的双色奇观——三江口

“三江口”顾名思义，就是三条江交汇的地方。三江口位于松原市的三岔河镇，嫩江和西流松花江在此汇流。汇流之处，嫩江的黑水与西流松花江的白水界线分明，延续两公里之远，最终形成了气势磅礴的东流松花江。当地居民将其称为“三江口”，与三岔河口相比，这个名字也多了几分气势。

**星罗棋布的湖泊湿地**

三江交汇为松原地区带来了丰富的水资源，孕育了拉林河、霍林河等重要河流以及查干湖、新庙泡、库里泡、大不苏泡、花傲泡等湖泊、沼泽，由此形成了查干湖、三江口、大布苏等七大湿地。这些星罗棋布的湖泊和湿地相互连接，形成了松花江与嫩江的水网，对于调节吉林西部地区的气候起到了至关重要的作用。

三江口湿地保护区是松原市最大的湿地保护区，不仅是通往哈尔滨的主要航道，同时也是野生动植物的乐园。这里有近百种水生和陆生植物，包括芦苇、蒲草、菱角、鸡头米、水莲、羊碱草、黄花菜等知名物种。三江口湿地保护区为水禽和鱼类提供了绝佳的栖息之地，观测记录有近两百种鸟类，除了湿地常见的鹤、鹳、雁、鸭之外，还有包括“三花五罗[①]”在内的诸多鱼类。

**来自古松辽大湖的宝贵遗赠**

松原是嫩江进入吉林省境内之后流经的第一座城市，这也是一座因“油”而建、因“油”而兴的城市，中国陆上第六大油田——吉林油田就坐落在松原境内。自 1992 年建市以来，松原的迅速崛起与石油产业紧密相连。建市之初，松原油气产业占到全市工业产值的 90% 以上，形成了名副其实的石油经济。

松原地区所蕴含的丰富的石油资源是古松辽大湖留给这片土地的宝贵财富。大约 2 亿年前，大兴安岭的崛起导致西部松嫩平原下沉，形成了一片广阔的低地。随后，松花江、嫩江、洮儿河、霍林河、西辽河等多条河流不断汇入这片低地。直到 200 万年前，这里演变成为一个浩瀚的古松辽大湖，其面积曾经是当今青海湖的十倍以上，被誉为“八百里瀚海”。然而，约 10 万年前，古松辽大湖中心地带的地壳上升，湖底变高，湖水外溢，导致辽河转向南方流入海洋，松花江则向东北方向流动，大量的湖水随之流失。尽管如此，古松辽大湖并未完全消逝，它留下的痕迹在地势低平的平原上形成了众多的湖泊、湿地和沼泽，河流在此处蜿蜒曲折，河水自由蔓延，使得这片区域的水域生态趋于丰富多

↓
松原查干湖彩虹

① “三花五罗”，即鳌花、鳊花、鲫花，哲罗、法罗、雅罗、胡罗、铜罗。

样。古松辽大湖瓦解后，残余的湖水形成了现在的湖泊沼泽，而水底的水生植物经过漫长岁月的沉淀堆积，生物资源转变为石油资源，今天的松原油田和大庆油田都是古大湖存在的证明。

“油城”曾是松原这座城市最具代表性的别称，不过这座依附于油田而生的城市正经历翻天覆地的变化。如今的松原正以“三江水城，生态之乡”的新形象展现在世人面前，凭借着得天独厚的水资源和生态环境，坐落于嫩江畔的“油城”正逐步转型为一个注重可持续发展和生态文明建设的新型城市。

02

## 年年有鱼的壮观冬捕
## ——查干湖

在松辽平原星罗棋布的湿地和湖泊之中，最负盛名的莫过于松原市的查干湖。查干湖，蒙古语为“查干淖尔”，意为白色圣洁的湖，它是中国七大淡水湖之一，水域面积 420 平方公里，是吉林省最大的天然湖泊，因其独特的渔猎文化和旅游价值在全国享有盛誉。

### 来自大自然的慷慨馈赠

查干湖的渔业资源就像上天赐予的礼物一样，自20世纪60年代初以来，一直保持着丰收的状态。每年的捕鱼量达到了令人为之惊叹的 6000 吨。

查干湖的鱼类资源丰富多样，总计有 68 种不同的鱼类在查干湖中生活。在湖水的上层能够发现鳙鱼和窜条鱼等鱼类游动的身影；而在湖水的

↑
查干湖冬捕盛会

↑
查干湖冬捕

↑
查干湖冬捕

中层，草鱼和鲂鱼等鱼类则成了主要的居民；至于湖水的底层，鲤鱼和鲫鱼等鱼类则是在那里生活的常客。

在众多的鱼类中，鳙鱼无疑是最受欢迎的一种。鳙鱼，也就是通常所说的胖头鱼，因其肉质鲜美而备受人们的喜爱。查干湖每年捕捞的鱼类中 80% 是胖头鱼，可以说是名副其实的“主力军”。大家所熟知的特色美食——鱼头泡饼，主要就是用胖头鱼制作的。

为了保证鱼类的数量和水质的纯净，从 2003 年开始，查干湖每年春秋都会从附近的鱼苗基地运来大量的鱼苗进行增殖放流。这不仅保证了鱼类资源的稳定性，还起到了净化湖水的作用。

**渔猎文化的“活化石”**

查干湖的渔猎文化由来已久，早在一万三千年前，查干淖尔人就在查干湖畔临水而居，生息繁衍，一代又一代历经春夏秋冬、朝代更迭，形成了独有的渔猎文化。为了发扬传承古老的渔猎文化，查干湖每年十二月都会举办冰雪渔猎文化旅游节，开展醒网祭湖、冬捕活动、民俗体验、冰雪

↑
查干湖冬捕

↑
查干湖冬捕

徒步赛、冰帆、冰上龙舟大赛等多重活动，奏响冬日渔歌。无数游客从四面八方赶来，目睹这一沿袭千年的盛大景象。

在冬季捕鱼的序幕拉开之前，渔民们会举行一场庄严的祈福仪式，这场仪式体现了查干湖当地传统的渔猎文化、游牧文化、汉族农耕文化，此外还融入了萨满教、藏传佛教元素，共同形成了具有多元文化特色的祭湖醒网典礼，通过祭文、舞蹈传递出对"圣水之湖"的恭敬尊重，以此祈求平安。

查干湖冬捕的生态之道

查干湖是唯一仍旧保留蒙古族原始捕鱼方式的地区，被誉为"中国最后的渔猎部落"，查干湖冬捕习俗已被列入中国非物质文化遗产名单，这种古老的冬捕方式，在查干湖已传承近千年。

古老的冬捕方式世代相传，当地渔民们积累了丰富的捕鱼经验和技巧。他们基于湖泊的自然环境和鱼类的生活习性，采用冰下走网、马拉绞盘等传统的捕鱼方式，不仅保证了渔业资源的可持续利用，也为当地经济发展做出了重要贡献。除此之外，通过限制捕捞量、保护繁殖期等举措，确保查干湖渔业资源的可持续发展。

查干湖冬捕的久盛不衰，与千百年渔猎文明形成的“大眼网”规矩有着密不可分的联系。渔网的网孔遵照传统保持疏织，从而使鱼龄在五年以下的幼鱼能够游离渔网，绝不竭泽而渔，以确保将来的渔获，这也是可持续发展理念的生动体现。

03

## 从粮运古道到鱼米之乡——月亮泡

嫩江从大兴安岭进入松嫩平原后，形成了近乎90°的大拐弯，这便是闻名遐迩的“千里嫩江第一湾”。在嫩江大拐弯的身后，是嫩江与西流松花江的交汇之处，两条河流的河口相隔甚近，共同孕育了吉林省西部的月亮泡、新荒泡、王焕泡、莲花泡、来宝泡等数十个大小不一的泡沼群。在这些泡沼中，最为人称道的莫过于月亮泡。

### 历史上的粮运古道

月亮泡因其形状宛如一钩弯月悬挂于大地之上而得名，地处吉林省西北部的大安市与镇赉县之间，洮儿河水注入其间，而后缓缓东流，最终汇入嫩江。

↑
冬捕

↑
鱼王

早在三四千年前，这里便见证了濊貊、夫余等古代民族的生息繁衍。蒙古族将其称为“撒兰纳池”，意指日月之池。到了辽金时期，它又被称为“渔儿泺”。当时月亮泡及其周边水域成为征集粮草的重要场所，也因此有了“运粮泡”的别名。时至今日，金代的古运河痕迹依旧隐约可见。明朝时期，著名的“塔儿河卫”所在地便设在洮儿河南岸的大安市腰新荒古城遗址。当时的粮食与物资通过洮儿河、月亮泡、嫩江及松花江的水路运输至东北边疆的重镇，为边陲的稳定与发展提供了坚实的支撑。

物产丰富的鱼米之乡

月亮泡自 1976 年起，通过修建围堤、安装排水节制闸等一系列水利设施，实现了由天然湖泊向多功能平原水库的转变，成了吉林省西部地区最重要的调蓄水利枢纽。经过时间的沉淀与人为的精心打造，已经成了一个融合了养鱼、泄洪、灌溉及风光旅游等多种功能的综合性水域区域。现如今，这片水域水草丰盈、物产丰富，成了知名的淡水鱼类产地。当地有句俗语“闸住月亮泡，银子没了腰”，生动地描绘了其鱼类资源的丰富程度。

月亮泡的水源自洮儿河，这条河流的自然水质没有受到农药和化肥的污染，因此保持了较高的纯净度；良好的水质为水库内的生物提供了健康的生活环境。月亮泡水库具有宽阔的水面和平坦的地貌，水库底部主要由细沙亚黏土构成，这种地质不仅稳定，而且有利于水生植物的生长。库区内丰茂的水草通过光合作用释放氧气，改善水质，有助于维护水体的生态平衡；同时也为鱼类和其他水生动物提供了丰富的食物资源和栖息场所。月亮泡作为鱼类索饵、产卵、繁殖和洄游的理想场所，栖息着包括鲤鱼、鲫鱼、白鲢、花鲢、麻鲢、鳊花、鲫花、鳌花、草根、武昌、白鳔子、大白鱼、大鲇鱼和黑鱼在内的四十余种鱼类。尤其在冬季捕鱼季节，一次下网的收获往往超过10万斤，月亮泡由此声名远播，成了名副其实的“鱼米之乡”。

04

## 天鹅湖上的“冰汤圆”——四海湖

在吉林省洮南市安定镇西南隅，四海湖国家湿地公园如同一块宝石镶嵌在科尔沁沙地的东部边缘。这里既是天鹅以及其

↑
四海湖“冰汤圆”

他野生动物的天堂，同时也曾上演过罕见的“冰汤圆”自然奇观。

### 神秘美丽的“冰汤圆”

2022 年初，四海湖冰封的湖面下，有无数冰团和雪团聚集在一起，绵延 3000 米，如同煮熟的汤圆。这一自然奇观的诞生恰逢元宵佳节之际，迅速在网络上传播开来，吸引了众多游客的目光。洮南当地的摄影师邱会宁捕捉到了这一壮观景象，将其命名为“冰汤圆”。与此相似的自然杰作也曾在国外上演：2018 年，苏格兰的赫姆斯戴尔河上突然浮现了无数“冰煎饼”；2019 年，在芬兰的奥托岛海滩，也曾惊现一片“冰蛋”。

关于“冰汤圆”的成因众说纷纭：有人认为是雪团的作用，也有人提出可能是地下气体上涌或水流中气泡凝结的结果。这些罕见的自然现象通常需要极其特殊且充满巧合的条件方能形成，寒冷的风雪交织出了四海湖浪漫的奇迹。湖水在冻结之前，洮南地区恰好迎来了两场大雪，湖水的低阻力使得大风能够轻易地将积雪塑造成球状，就像是在堆雪球一般。随后，急剧地降温使湖面迅速结冰，雪球与湖水融为一体，类似于琥珀形成的过程，最后形成了晶莹剔透、层层叠叠的“汤圆”冰湖奇观。

### 生机勃勃的“天鹅湖”

春风拂过四海湖国家湿地公园，为四海湖送来了尊贵的访客——灰鹤与鸿雁等迁徙候鸟在这里找到了暂时的栖息之地。它们在这里筑巢繁衍后代，多年来每年如约而至，修葺巢穴，开始了新一轮的孵化繁殖之旅。丹顶鹤、白头鹤、苍鹭、白鹭、白天鹅、翘鼻麻鸭、白琵鹭等鸟类也选择在这里安家，将这片湿地视为迁徙旅途中的家园。

每年十月，数千只白天鹅翩然而至，原本平静的湖泊瞬间变成了生机勃勃的“天鹅湖”。天鹅的鸣叫声此起彼伏，吸引着来自四面八方的鸟类摄影爱好者，他们用镜头记录下这一美妙的瞬间。

05

# “钱湖”的生机与奥秘
## ——大布苏湖

在吉林省松原市乾安县城西南约 40 公里处，坐落着一个独特的湖泊——大布苏湖，它是中国东部地区极为少见的盐水湖之一。

↑
大布苏国家级自然保护区

### 成因与众不同的盐湖

众所周知，湖泊有淡水湖与盐水湖之分。就区域分布而言，中国的盐水湖主要分布在青藏高原和西北干旱半干旱地区，这些地区降水少、气候干燥，有利于湖水蒸发形成盐水湖；而在中国降水较多、气候湿润的东部季风区，则是淡水湖的主要分布区域。

大布苏湖位于中国东部地区，但却是一个盐水湖，这一反常的现象要从大布苏湖的形成过程说起。大布苏湖所在的松嫩平原西部分布着诸多火山，火山喷发时，岩浆向地势较低的松嫩平原流动，岩浆冷却后在地表形成了一层厚厚的以碳酸钠盐为主成分的岩层，含有大量的盐碱成分。在地质运动的作用下，松嫩平原西部逐渐下沉，雨水在低洼处不断聚集，形成了现今的大布苏湖。

### 鱼类的禁区·候鸟的天堂

“大布苏”在蒙语中意为“盐碱地”，大布苏湖盐碱度含量高，湖水pH值常年在10以上，在这种环境中，鱼类几乎无法生存①。然而每年初夏，天鹅、白鹭、白骨顶鸡、反嘴鹬、秋沙鸭、针尾鸭等候鸟成群结队地来到大布苏湖栖息繁衍，给大布苏湖周边荒凉的盐碱地带来了勃勃生机。大布苏湖作为鱼类的禁区，却成了候鸟的天堂，这不能不说是独特的生态奇观。

### 源源不断的“钱湖”

每年冬季，湖面冰封之时，大布苏湖的冰面上会形成一层雪白色的结晶，外形像霜，可用于熬碱，当地人经过扫刮收集，熬制成土盐可以出售换钱，因此扫刮收集盐碱结晶也被当地人称为“捡（碱）钱”。按理来说，历经每年冬季大规模的扫盐，大布苏湖总体含盐碱量应该呈现出下降趋势。但近半个世纪跟踪对比数据显示，大布苏湖总体含盐碱量非但没有下降，反而以每年 24426 吨的速度持续增长，这一点属实令人震惊。

① 湖水 pH 值过高对鱼的鳃、皮肤有腐蚀作用，致使鱼分泌大量黏液，影响鱼的获氧能力，进而影响呼吸。

↑
反嘴鹬

↑
白骨顶

↑
针尾鸭

↑
春天迁徙回来的秋沙鸭和白骨顶

追根溯源，这些源源不断的盐碱来自大布苏湖所在地区的土壤。含碳酸钠盐的岩石历经岁月逐渐风化成不同的细碎物质，风化物以粒子的形式分散在土壤之中。每年夏季，降水将土壤中的碳酸钠溶解后，汇入大布苏湖中，使得大布苏湖盐碱量不断提升，为每年大布苏湖扫刮收集盐碱结晶提供了源源不断的供给，使大布苏湖成了名副其实的“钱湖”。

06

## 水土风化的万古奇观
## ——乾安泥林

在乾安县西南部，大布苏湖东岸，存在着一片神奇的地貌，泥林景观如同巨大的树根一般，从湖中蔓延伸展至湖岸。因为地形犹如狼牙般尖锐、错综复杂，当地居民习惯称之为“狼牙坝”，直到 2001 年 6 月，中国科学院院士刘东生亲临此地，被眼前的泥林奇景深深震撼，于是挥毫题写了“乾安泥林”四个大字，从此，“乾安泥林”便成了这片土地的名字。由此设立的吉林乾安泥林国家地质公园也是中国唯一以潜蚀地质地貌景观为主要特征的国家地质公园。

泥林作为一种奇特地质地貌现象，其形成过程及其特点可以用四个字来概括——“水”“土”“风”“化”。

泥林之“水”

水，如同一位无形的艺术家，以其温柔而坚定的力量，雕刻出了泥林千变万化的形态。每当雨季来临，地面上，雨水沿着泥林的裂缝渗透，不断地冲刷和剥离泥林柱上的泥土。地下水也在悄然无声中携带走土壤中的可溶性盐分和细小土粒。经过漫长岁月的地质演变，逐渐形成了典型的潜蚀地貌，塑造出沟壑纵横、柱状地貌显著的泥林景观。

泥林之“土”

泥土是铸成泥林最基本的物质材料，而泥土本身的粒径大小、组成成分，以及物理、化学属性等内在要素，在其形成过程中扮演了关键角色。乾安泥林位于松嫩平原的西部，这里的蒸发量大大超过了降水量的补充，导致盐碱物质在此积聚。因此，泥林土壤中含有丰富的可溶性物质，且具有较高的盐分含量。在干燥的环境下，土壤相对坚实紧密，然而一旦遇到水分，土粒便会迅速分解散开。细腻柔软的土质颗粒，易被冲刷且具有出色的可塑性，由此塑造了乾安泥林独特的地貌景观。

泥林之“风”

乾安泥林的风有着独特的性格，这里的风格外猛烈，且携带着白色的沙砾和细腻如烟的土碱粉末。狂风骤起时，从远处看去，仿佛一团团迷蒙的烟雾席卷而来，所到之地立刻变得模糊不清，天地间一片朦胧。当地人形象地将这种风称为“白毛风”。大布苏湖地区盛行西南风，而泥林景观正处于湖岸的迎风面，风把大量的黏土、粉细砂和盐碱吹向湖岸和泥林中，这些高度含碱的物质在夏季又会随雨水被带入湖中。这种持续不断进行着的风力切割与雨水冲刷的循环过程，对湖盆形态和地质结构产生了至关重要的影响。

泥林之“化”

乾安泥林是国家级重点保护古生物化石的集中产地，同时也是我国著名的新生代古生物化石产地之一。在乾安泥林中发现了披毛犀化石和大量古脊椎动物化石，涵盖了以猛犸象—披毛犀动物群为主要类型的代

↑
乾安泥林风光

↑
乾安泥林暮色

表性动物。其中，完整原始牛骨架化石属国内首次发现，是国家一级文物。

在乾安泥林国家地质公园博物馆的古脊椎动物化石展厅入口，悬挂着一副引人注目的对联。上联书写着“狼牙泥林奇妙地”，下联则是“犀象驼虎为一家”。展厅内陈列着19种珍贵的古生物化石，令人惊奇的是，这些不同种类、不同生活习性的动物化石竟然都是在泥林北部一个不足100平方公里的区域发现的。究竟是何种原因让这些迥异的生物汇聚于此，至今仍是考古学界和科学界尚未揭开的谜团，等待着人们去探索。

## 东方白鹳的栖居家园
## ——莫莫格湿地

莫莫格国家级自然保护区横跨吉林、内蒙古、黑龙江三省区边界，主要分布在镇赉县，占地广达14.4万公顷，是吉林省西部最大的湿地保留地，也是国际上重要的湿地之一。与四海湖国家湿地一样，在迁徙季节，莫莫格湿地吸引着300多种、超过15万只水鸟前来停留补给、栖居繁衍。

### 沉默寡言的尊贵来客

在莫莫格湿地栖居的众多鸟类中，其中一种最为珍贵——东方白

↑
莫莫格国家级自然保护区的白鹭

↑
莫莫格千鹤图

东方白鹳

鹳。作为国家一级保护动物，东方白鹳种群数量极为稀少，全球范围内仅不足一万只。

东方白鹳偏好生活在开阔的沼泽、湖泊和湿润的草地。它们休息时姿态独特，单腿站立，头部和颈部弯曲成优雅的“S”形。起飞时，如同飞机升空前需要在跑道上加速一样，东方白鹳首先会在地面上奔跑一段距离，然后奋力扇动翅膀，直到获得足够的升力后方才在天空中翱翔。

尽管大多数鸟类都能发出悦耳的鸣叫，东方白鹳却以沉默著称，这是因为它们缺乏鸣管这一发声器官。不过它们可以通过快速敲击上下喙，发出清脆的“嗒嗒”声与同伴沟通。当面临威胁时，东方白鹳会加快喙的敲击速度，并采取一系列恐吓性的动作来威慑潜在的敌人。

东方白鹳在地面觅食时主要依靠其敏锐的视觉，它们会伸长颈部，低头慢步行走，四处搜寻猎物。一旦发现食物便会迅速上前，用强有力的喙猛烈啄食。东方白鹳在水中觅食时则主要依靠触觉，利用长而坚硬的喙作为捕捉鱼类的利器。它们会排成一列，在水域中缓慢前进，形成一种有趣

↑
吉林莫莫格国家级自然保护区（丹顶鹤国家一级保护野生动物）

↑
莫莫格保护区

的“拉网式”捕食策略，到达岸边后再返回，如此循环往复。

东方白鹳的“豪华别墅”

春秋两季，近千只东方白鹳会在莫莫格湿地停留约 100 天，在此休憩并生儿育女。东方白鹳的幼鸟属于晚熟型，幼鸟会在巢中度过大约 60 天时间，由父母共同抚养，在学会飞行后便随父母离开巢穴，不再返回。东方白鹳的寿命较长，有些个体甚至能达到 48 岁。

为了迎接新的生命，每年的 3 月份，东方白鹳便开始忙碌地筑巢，雄鸟负责搜集和搬运筑巢的材料，雌鸟负责巢穴的建造。东方白鹳的巢穴呈盘状，体积较大，在整个繁殖季节，巢穴都会不断得到修缮和扩展。在不受到外界干扰的情况下，这些巢穴会被重复使用并逐年加固。由于东方白鹳在野外电线塔上筑巢可能存在安全隐患，莫莫格国家级自然保护区与多家科研机构合作，在当地尝试设立了人工巢穴，在水泥柱上安装类似铁筐的支架，以帮助东方白鹳安全繁衍后代。这些“半成品”巢穴得到东方白鹳的认可后，它们会在此基础上添加树枝，将其打造成为舒适的“豪华别

↑
大鸨

墅”。得益于这一措施，东方白鹳在莫莫格湿地的繁殖数量和成功率均呈现出了稳步上升的趋势。

鹤类迁徙的栖息地

莫莫格湿地不仅是东方白鹳的栖居家园，同时也是鹤类迁徙的栖息地。在全球 15 种鹤类中，莫莫格湿地就有 6 种，包括白鹤、丹顶鹤、白头鹤、白枕鹤、灰鹤和蓑羽鹤。

白鹤作为来自西伯利亚严寒地带的旅者，冬季会迁徙至江西鄱阳湖，享受温暖的冬日时光。它们的迁徙之路充满了挑战，它们从遥远西伯利亚出发，穿越俄罗斯远东地区，中国的松嫩平原、辽河平原、华北平原，直至抵达位于长江中下游的目的地。在这场长途跋涉中，白鹤必须在途中找到适宜的地点进行休憩，以保持体力。遗憾的是，随着人类活动的不断扩张，这些休憩地正逐渐消失。幸好莫莫格湿地得以保留下来，为白鹤提供了宝贵的迁徙驿站，莫莫格湿地也由此成为全球最大的白鹤迁徙中途停歇地。

08

# 鹤舞九天的生态宝地
# ——向海湿地

东有长白山之雄伟，西有向海湿地之秀美。吉林向海自然保护区成立于 1981 年，坐落于吉林省通榆县的西北角，恰好处于科尔沁草原与松辽平原的交界之处。其主要使命是对丹顶鹤及其他珍稀水禽以及蒙古黄榆等

↑
吉林向海国家级自然保护区

↑
家在向海

←
向海鹤舞

独特植物种群进行保护。

**名扬国际的自然保护区**

1992年，中国加入了《关于特别是作为水禽栖息地的国际重要湿地公约》（简称《湿地公约》），向海与其余六片珍贵的湿地一同被指定为国际重要湿地。此外，世界自然基金会（WWF）也授予了向海湿地“具有国际意义的A级自然保护区”这一荣誉称号。国际鹤类基金会主席乔治·阿基博到向海考察时说：“我到过世界上50多个国家的自然保护区，像向海这样拥有完好的自然景观、原始的生态环境、多样的湿地生物的自然保护区在全球已不多见，向海不仅是中国的一块宝地，也是世界的一块宝地。”

在向海的怀抱中，霍林河自东向西流淌，中部则有额穆泰河汇入湿地，北部洮儿河的水流亦注入其中，共同塑造了大肚泡、付老文等大型湖泊。这些水体因蒸发和渗透作用往往缺乏明显的河床，仅在雨季时才会形成季节

←
鹤舞向海

性的湿地或沼泽地貌。沙丘上的榆树林、辽阔的草原、茂密的蒲草、芦苇荡以及波光粼粼的湖泊相互交织、错落有致，共同构筑了一个典型多样的湿地生态系统。

珍稀候鸟的迁徙目的地

每年候鸟迁徙的季节，数以十万计的游禽和涉禽等各类候鸟选择在向海保护区休憩、觅食，并在此繁衍后代。众多珍稀候鸟的身影在这里都不难发现，其中包括国家一级保护动物东方白鹳、青头潜鸭、白鹤、白枕鹤、白头鹤、黑鹳、丹顶鹤；国家二级保护动物灰鹤、白琵鹭、大天鹅、小天鹅、疣鼻天鹅等，它们纷纷飞抵这片生机勃勃的湿地，在这个驿站中养精蓄锐。

在众多珍稀候鸟中，世界级珍稀濒危物种、被誉为“湿地之神”的丹顶鹤是湿地环境变化最为敏感的指示生物之一，而向海湿地为丹顶鹤提供了得天独厚的繁殖场所。每年春天，来自中国南方、日本、朝鲜半岛、澳大利亚等地的精灵，借助高空气流，不远千里、风尘仆仆地抵达向海湿地后，就开始各自寻找领地，求偶筑巢，哺育后代。到了秋天，它们会带着新出生的小鹤一起飞向南方，奔赴南方。在温暖的南方历经一个冬天，当再飞回北方时，独立的幼年丹顶鹤会聚在一起，通过“跳舞”选择伴侣并组成家庭，如此往复，生生不息。

向海鹤岛三面环水，一面环山，在这里，一群默默奉献的护林员日夜守护着丹顶鹤以及其他鸟类伙伴们的家园。自 1998 年起，向海依托其丹顶鹤人工孵化繁殖基地，开启了丹顶鹤的人工繁育与野化技术研究。每年 6 月，小鹤开始学习觅食和飞行，通常情况下，工作人员会选择那些体魄强健、具备独立觅食能力的丹顶鹤进行严格的野性驯化，然后将其放归大自然，以此来补充和壮大野生鹤类的种群数量。不过，由于人工饲养的丹顶鹤在野外生存技能方面相对较弱，加之难以准确掌握迁徙路径，与野生鹤群的沟通和融合还存在一定的挑战。

←
白城向海鹤舞吉祥

**科学调水，给向海湿地“解渴”**

水对于湿地的重要性不言而喻，向海湿地的水源主要依靠霍林河、额穆泰河和洮儿河等三条河流的径流补给。其中，额穆泰河水量极小，十年九枯；霍林河和洮儿河支流额木特河流经向海湿地，近年来已无明显河道，只在雨季水量丰沛时形成季节性河流。因而在连续干旱的气候下，向海湿地就面临着严重的缺水危机：湖泊泡沼干涸无水，土地日趋沙化、盐碱化，芦苇、蒲草等主要湿地植被急剧退化演替，大批候鸟失去栖身之地，湿地生态系统受损严重，甚至濒临从“湿地”变“干地”的危险境况。

为了给向海湿地补水，维持湿地的生态平衡，吉林省先后实施了“引霍入向”“引洮入向”重点工程，将霍林河与洮儿河的水资源引入向海水库及其周边湿地。这两大重点工程的成功实施，使向海湿地焕发出新的生命力，水草日益繁茂，生物多样性逐渐恢复并持续向好。曾经销声匿迹多

↓
向海国家级自然保护区的丹顶鹤

年的珍稀鸟类，如东方白鹳、大鸨、白鹤、白头鹤等，也再次回归这片充满生机的湿地家园。

09

## 顽强生长的“北方胡杨”——蒙古黄榆林

在向海国家级自然保护区，大面积的沼泽湿地和湖泊是丹顶鹤等珍贵水禽的家园，而在沼泽与陆地的交织地带，则是蒙古黄榆生长的天地。这里保留着亚洲最完整且具原始风貌的天然蒙古黄榆林，一株株，一簇簇，一排排千姿百态的蒙古黄榆，扎根在起伏的沙丘与岗地之上，犹如古老的藤蔓缠绕巨柱，又似矫健的游龙横渡江河。

**生长缓慢的岁月见证者**

蒙古黄榆极其耐旱，拥有顽强的生命力，是干旱地区沙丘岗地上独树一帜的存在。有人将其与胡杨相提并论，是因为它们展现出了相似的顽强生命力——即使历经千载岁月，依然屹立不倒；即便枯萎凋零，也能保持千年不腐。蒙古黄榆因而获得了“北方胡杨”的美誉。

蒙古黄榆正如其名，曾在蒙古族同胞的聚居地广泛分布，一度是极为繁盛的树种，与蒙古族一样曾经有着辉煌的历史。然而，由于气候变化与

人为因素的影响，如今这一珍稀物种的分布缩减至向海自然保护区的狭小区域内，被列为国家一级保护植物，并且成为全球宝贵的生物资源。

踏足向海，放眼远眺，蒙古黄榆在沙丘之上簇拥成群，树冠宛如撑开的雨伞，形态酷似巨型盆栽。虽然它们的高度不过三四米，看似纤细娇小，但实际上经历了几百年甚至上千年的风雨沧桑。由于生长速度缓慢，一棵蒙古黄榆要经历数十载的光阴才能长至手臂粗细。然而，正是缓慢的生长造就了蒙古黄榆异常坚硬的质地和紧密排列的年轮，也正因如此，蒙古黄榆木材也是北方地区家具制作的重要原材料。

防风固沙的生态守护者

在细腻的沙粒与肆虐的狂风间，蒙古黄榆展现出了顽强的生命力，它们的根系紧紧抓住土壤，深植于大地之中。坚韧的蒙古黄榆正是依赖大地中水分的滋养得以茁壮生长，阻挡了风沙的侵袭，而与此同时，它们的存在又巩固了沙丘，由此形成了一种微妙而平衡的共生关系。

虬曲苍劲的蒙古黄榆如同一簇簇坚不可摧的防风固沙堡垒，无畏地抵

↑
向海国家级自然保护区蒙古黄榆

挡着风沙的侵蚀，成了守护沙地生态环境的关键屏障，还为鸟类提供了繁衍生息的场所。每当春回大地，在其他树木尚在沉睡之际，蒙古黄榆已然率先披上了翠绿的新装，苍茫的绿色海洋吸引了众多鸟类前来栖息，每到繁殖季节，国家一级保护珍禽——东方白鹳都会选择在蒙古黄榆林间筑巢育雏，繁衍生息。

蒙古黄榆笑傲黄沙的秘密

蒙古黄榆之所以能够顽强地抵御黄沙的侵袭，关键在于其卓越的适应性和生存策略。面对日渐贫瘠的土地，蒙古黄榆选择与环境共存，通过自身的生理结构和生长特性，巧妙地应对环境变化所带来的挑战。

蒙古黄榆厚实的叶片具备出色的储水能力，粗锯齿状的叶缘有效地降低了水分蒸发的速度。即使在缺水环境下，它也能依靠极少量的水分维持生命，蕴含着强大的生长潜力。蒙古黄榆的根系具有非同一般的生命力，只需极少的水分，便会有新芽陆续破土而出，甚至多个嫩芽齐头并进，只为争得一线生机。除此之外，蒙古黄榆斜向生长、扎堆生存的特点起到了

↑
向海蒙古黄榆

减缓风速、分散风力的作用，无论是干旱、贫瘠，或是肆虐的风沙，都不会成为蒙古黄榆生存的障碍。千百年来，根植于霍林河两岸的蒙古黄榆枝繁叶茂，生生不息，成了塞外边疆科尔沁草原一道亮丽的风景线。

10

## 紫色山岗的亚洲之最
## ——包拉温都杏树林

在吉林省通榆县西南部，有一个蒙古族乡，名为包拉温都，这个名称在蒙古语中意为“紫色的山岗”。这里超过六成的居民是蒙古族人，形成了浓郁的蒙古族风情。蒙古族农牧民最初在清末建立村屯时，正是以这道绵长几十里的紫色山岗，为建立的村屯命名。而这绵延几十里的紫色山岗，就是漫山遍野的杏树林形成的独特风景。

山杏是科尔沁草原上唯一在早春开花的灌木。每年 3 月，春寒乍暖，山杏树密密匝匝的枝条便早有了生机，成片的杏树林将山岗染成了淡雅的紫色，预示着春天的到来。到了四月下旬，一场温暖的东风唤醒了沉睡的花朵，刹那间，整个山野被无数盛开的山杏花覆盖，香气四溢。站在山脚下仰望，只见沙丘之上花海浩渺，如同云霞般绚烂。粉白色杏花绽放在红褐色的枝条上，远观之下，色彩交融，构成了一幅柔和的紫色画卷。这便是传说中的紫色山岗，实则是漫山遍野的山杏花海洋。

↑
包拉温都省级自然保护区

包拉温都乡东西长 40 余公里，连绵起伏的沙丘上生长着一百多万株天然山杏树，是亚洲最大的野生杏树林。这万亩杏树林也是包拉温都附近蒙古族人民心中的圣地。2002 年，包拉温都省级自然保护区经吉林省政府批准成立，使得这片自然奇观得到了有效的保护。每逢春风拂过，杏花便争奇斗艳地竞相开放，吸引了众多游客纷至沓来。盛开的杏花花海不仅装点了独特的紫色山岗，也装点了蒙古族人民的美好生活，成了吉林省西部地区极具特色的旅游胜地。

11

# 化沙海为绿洲
# ——科尔沁草原

一提到科尔沁草原，大多数人可能马上会联想到内蒙古，但实际上，科尔沁草原有相当一部分位于吉林省的白城市与松原市境内。在松辽平原的西北端，大兴安岭如同巨人的臂膀，将科尔沁草原与内蒙古高原的广袤草原巧妙隔开，使之成为一个独立的草原世界。

提及科尔沁，人们脑海中自然而然浮现出绵延不绝的绿色海洋，以及散布其间的无数牛群。科尔沁草原曾是林木葱郁、草甸肥沃的宝地，适宜狩猎、农耕与放牧，生态多样性极为丰富。昔日的科尔沁草原以其丰富的自然资源滋养着一方百姓。近百年来，由于过度放牧与垦荒活动，科尔沁草原的生态环境日益恶化，其面貌发生了翻天覆地的改变。正是这种无节制的索取导致了草原的荒漠化。这片曾经绿意盎然的草原，其中部分区域已沦为几乎完全沙化的荒漠，由此科尔沁草原得到了另一个沉重的名字——科尔沁沙地。如今，面对这一严峻挑战，人们正在全力以赴地拯救科尔沁脆弱的生态环境，期盼能够逆转乾坤，恢复往昔的生机。

白城市地处科尔沁沙地与松嫩平原的过渡带，作为“三北”防护林建设的重点区域，承担着吉林省防治荒漠化的重任。多年来，白城市持续推进植树种草、生态修复工作，通过补水措施恢复湿地面积，构建起森林、草原、湿地相互连接的生态屏障，有效遏制荒漠化扩张。经过多年的不懈努力，白城现已初步形成带、片、网，乔、灌、草相结合的防护林体系框架。现如今，昔日的沙洲已然蜕变为一片立体生态景观，乔木、灌木与草本植物错落有致，高中低层植物相互辉映，展现出勃勃生机。

12

## 化盐碱地为粮仓
## ——松嫩平原

嫩江干流蜿蜒流过松嫩平原，从高空俯瞰，泡沼如星辰般点缀其间，众多湿地通过沟渠交织成网，构成了名副其实的水乡画卷。然而，这片土地上的地表水含盐碱量极高，不适宜饮用，也难以用于农田灌溉。加之该地区降水量稀少，干旱问题严峻，20 世纪六七十年代，连年的旱灾使得昔日的水乡满目尽是风沙肆虐、盐碱龟裂的荒凉景象。

松嫩平原是全球三大苏打盐碱土的聚集地之一，独特的盐碱土质地宛如细碎的碱面覆盖大地，彰显着这片土地的严苛特质。盐碱地中高浓度的盐碱成分使多数植物难以生存。土壤的板结、高碱化度、有机质的贫瘠，以及远超 7.5 的土壤 pH 值，使植物的生命难以为继，即使气候温和、水源丰富，也难以改写农作物在这片土地上的悲惨命运。

然而，吉林省并未放弃这片充满挑战的土地。自实施增产百亿斤商品

粮工程、西部土地整理工程、河湖连通工程以来，一系列科学而系统的治理措施被应用于盐碱地的改造。通过精心选育耐盐碱的品种，推动盐碱地特色农业的发展，吉林省正在以实际行动唤醒这片沉睡的土地资源。在这场土地复兴的征程中，曾经的荒芜之地正逐步转变为新的粮食生产高地，金色的稻浪翻滚，代替了昔日泛白的盐渍，昭示着生命的顽强与希望。

## 辽河平原之脉——辽河

在大黑山以西，松嫩平原和辽河平原共同组成了吉林省的平原地带。顾名思义，松嫩平原由松花江和嫩江冲积形成，辽河平原是由辽河冲积而成。辽河有东西两源，东辽河发源于吉林省的哈达岭；而西辽河有两个源头，其一是内蒙古境内的西拉木伦河，其二是河北境内的老哈河。二者在河北北部汇合为西辽河，流入内蒙古境内。东西辽河于辽宁省昌图县境内汇合成辽河干流之后，一路向南流淌，被誉为辽宁的“母亲河”，最终在辽宁省盘锦市注入渤海。

在吉林省境内，东辽河从哈达岭的山峦间奔涌而出，以生命之泉孕育了辽源这座城市。辽源因其作为东辽河的摇篮而得名，不仅是清朝文化的重要发祥地，更是清朝皇帝的狩猎圣地——盛京围场的所在地。在这里，人们首次在中国开启了人工驯养梅花鹿的篇章，因此获得了“中国梅花鹿之乡”的美誉。东辽河的水流不息，继续前行穿过四平市，这里位于世界著名的三大黑土区之一——中国黑土区的腹地。在这片富饶的黑土地上，孕育出了“梨树模式”这一农业智慧，为保护和恢复珍贵的黑土地资源提供了可贵的经验和方案。

01

## 辽河之源的梅花鹿之乡——辽源

发源于长白山余脉的东辽河，不仅是辽河的东源，更孕育了一座城市，这座城市因“辽河之源”的美誉而得名——“辽源”。名字中自带“辽”字并不属于辽宁省，但同饮辽河水，辽源与辽宁还是有着千丝万缕的联系。回溯历史，这里曾是供清朝皇帝狩猎的盛京围场，而盛京就是沈阳的别称，两地之间的关联由此可见一斑。不仅如此，辽源长期隶属于奉天省（也就是现今的辽宁省），直到 1954 年才正式划入吉林省的范畴。

↓
成群的梅花鹿

### 盛京围场·皇家鹿苑

辽源坐落在长白山余脉与松辽平原的交界处，拥有得天独厚的地理优势，兼具山区特点以及平原优势。清朝时期，为了加强对长白山地区的控制实施了封禁政策，辽源随后被纳入皇家围场的范围，成了著名的“盛京围场”和“皇家鹿苑”，专供王族成员狩猎和进行军事训练。

在围场设立之初，每年都需要向朝廷进献大量的猎物，其中梅花鹿是最为重要的贡品之一。为了捕捉野生梅花鹿用于朝廷进贡，当时的猎人们采用的是一种名为“哨鹿”的狩猎方法，狩猎人会隐藏在茂密的草丛中，模仿公鹿的叫声以此吸引鹿群，然后进行围捕和射杀。为了提高活鹿的捕获率，猎人们开始采用“窖鹿”的方法进行狩猎，即在梅花鹿常出没的地方挖掘陷阱，通过这种方式捕获活鹿。

随着时间的推移，皇室对鹿茸、鹿肉以及幼鹿的需求日益增加，而野生梅花鹿的数量却在不断减少。为了满足朝廷进贡，熟悉梅花鹿生活习性的猎人们开始尝试在山林中人工饲养梅花鹿，这便是人工驯养梅花鹿的历史由来。

### 中国梅花鹿之乡

辽源水草丰美，林木茂盛，为梅花鹿的生长提供了绝佳的自然环境，辽源市下辖的东丰县开创了中国人工驯养梅花鹿的先河，其人工养鹿的历史已有两百多年，东丰县与梅花鹿之间的深厚情感自古以来就未曾断绝。1947 年，这里诞生了中国第一家国有鹿场，2004 年更是荣膺“中国梅花鹿之乡”的美誉。

梅花鹿浑身是宝：鹿肉可食，鹿皮可制高档皮革，鹿鞭、鹿肾、鹿骨都是入药佳品，而鹿茸更是珍贵无比，被誉为东北三宝之一。《神农本草经》中记载鹿茸具有“益气强志，生齿不老”的功效，是延年益寿的佳品。而在乾隆皇帝的长寿仙方“龟龄集”与慈禧太后常吃的“培元益寿膏”中，最重要的一味药就是鹿茸。

东丰县将梅花鹿产业视为支柱产业，坚持全产业链发展，推动一、二、

三产业的融合。在推动梅花鹿产业高质量发展的进程中，东丰县谋划建设了包括皇家鹿苑博物馆、养鹿官山园等一系列文化旅游项目，全力推动梅花鹿文化旅游产业持续快速发展。正如《诗经·鹿鸣》中所写："呦呦鹿鸣，食野之苹。我有嘉宾，鼓瑟吹笙。"梅花鹿作为东丰县的一张亮丽的名片，吸引众多的游客前来游玩，为东丰县开辟了一条独特的发展"鹿"径。

02

# 耕地中的"大熊猫"
# ——四平黑土地

黑土地是世界上最肥沃的土壤，世界四大黑土带其中之一就位于中国的东北地区——东北的松嫩平原和三江平原。"一两黑土二两油，插根筷子也发芽"，广袤的黑土地使东北成了真正的"国之粮仓"。

**黑土地的肥力秘密**

黑土地是大自然的恩赐，被誉为"耕地中的大熊猫"，每一厘米黑土层的积淀需要历经 200 ～ 400 年的时间，超过一米的黑土层背后是上万年岁月的沉淀。东北地区的黑土地源自古松辽大湖时期，繁茂的植物在地表堆积成厚厚的腐殖质层。由于东北的冬季严寒漫长，微生物的活动受限，导致腐殖质未能完全分解，与土壤交织融合，逐年累月堆积形成了深

↑
吉林四平，梨树县地处黄金玉米带，是吉林省重要的粮食产区。

邃的黑土层。正是这些层层叠加的腐殖质赋予了黑土地无与伦比的肥力，极高的有机物含量为种子的萌发与成长提供了丰富的养分。

绝佳的黄金玉米带

四平市位于世界闻名的“三大黄金玉米带”的核心区，地理位置得天独厚。这里的土壤肥沃，气候适宜，为玉米的生长提供了极佳的条件。往南是土质稍逊的中壤地带；往北积温降低，土地热量条件欠佳。这种“差之毫厘失之千里”的优越区位，使得四平成了世界上最适合种植玉米的地区之一。

玉米作为一种喜温作物，对温度的要求极高。而四平市处于中温带气候区，阳光雨露恰到好处地呵护着玉米的全生育期。在这里，玉米得到了充分的滋养和生长空间，品质也得到了极大的提升，四平和玉米之间的结合可谓是天作之合。

“黑土地上有三宝，四平玉米五常稻，东北大豆最可靠。”这首东北民谣将四平玉米与五常大米、东北大豆这些早已驰名中外的产品相提并论，足见四平玉米在东北人民心中的地位之高。四平玉米取得了“玉米单产全国第一”的成绩，为了表彰四平市在玉米产业方面的突出贡献，中国粮食行业协会更是将四平市评为全国唯一的“中国优质玉米之都”，这一荣誉不仅是对四平市多年来努力的肯定，也是对其未来发展潜力的认可。

**黑土地出产的鲜美食材**

肥沃珍贵的黑土地滋养孕育出了白蘑、榛蘑、榛子、蕨菜、木耳等多种多样的天然绿色好食材。生长在黑土地上的鲜美食材，无须复杂的烹饪过程，就能呈现出自然鲜美的独特风味。

在尽人皆知的东北菜——小鸡炖蘑菇中，最地道的食材选择还是黑土地出产的野生榛蘑。榛蘑被称为“东北第四宝”，是迄今为止，为数不多的被人们所认知但仍然无法人工培育的野生菌类，可谓是名副其实的“山珍”。山多林密的东北黑土地出产的榛蘑个大、柄粗、肉厚、味美，菌香浓烈，味道鲜美。搭配农村小笨鸡炖煮的榛蘑堪称东北一绝，占据了东北炖菜的半壁江山。

蕨菜是东北林区常见的一种蕨类野菜，每当春天到来，灿烂的阳光洒在黑土地上，蕨菜带着冬天积蓄的力量从黑土地的腐质枯叶间破土而出，浅粉色的嫩茎晶莹剔透自带仙气。蕨菜不仅美味，还富含营养，食用后能增强体质，提高人体免疫力，减少疾病并延缓衰老，又被称为“山菜之王”。

**黑土地的生存危机**

东北地区肥沃的黑土地适宜各种农作物的生长，农作物在这里生长得格外茁壮，成为一年一熟的农作物天堂，使得东北地区在近百年间迅速崛起为中国最辽阔、农业总产量最高的农耕区域。然而，高强度的耕作压力加上“重用轻养”的发展模式，使得这份来自大自然的珍贵馈赠变得日益脆弱。

据统计，自开垦以来，黑土层每年大约流失两毫米，黑土层逐渐“消瘦”，色泽也逐渐转淡，有机质含量不断减少，土壤肥力日渐衰退。与此同时，机械化的重复耕作使黑土地变得越发坚硬，土壤结构遭受破坏。而这无疑对我国农业的可持续发展和粮食安全构成了严峻的挑战。为了守护黑土地，东北各地区正积极探索保护性耕作、秸秆还田等措施，旨在让黑土地重新焕发生机，实现黑土地的永续发展。

## 专栏

# 串联生态明珠的风景道——331国道吉林段

被誉为“中国北境公路之王”的331国道是贯穿我国东北、内蒙古及西北的国道血脉。331国道始于辽宁省丹东市的鸭绿江入海口，一路向东进入长白山腹地，与长白山流出的鸭绿江、松花江、图们江相遇交汇，并在吉林境内上演了壮丽的生态篇章。

331国道在吉林的第一站便见证了“吉林小江南”集安鸭绿江河谷孕育的独特的山葡萄品种——“北冰红”，在鸭绿江畔得以饱览“绿色宝石”五女峰国家森林公园的生态美景。进入吉林省临江市境内之后，在高山峡谷中穿行的331国道紧邻鸭绿江右侧的长白山龙岗山脉，穿越中国玛珥湖最集中的火山区——龙岗火山群，白鸡峰顶的神秘天石与长白山天池一并成为长白山脉的两大自然奇观。以长白朝鲜族自治县为分界点，331国道由西至东转为“一路向北”，穿越“五十岗”后进入了头道松花江和二道松花江流域，一直到二道白河。冬季行驶在331国道上，能够极目远眺白雪皑皑的长白山巅；道路两侧的林中小道上覆盖着厚厚的积雪，也成了野生动植物的生态乐园。进入图们江峡谷通道后，331国道又与海兰江相汇，穿越金达莱盛放的人间仙境——和龙，途经“苹果梨的故乡”——龙井，见证海兰江畔稻花飘香、琵岩山下果树成行，最终来到“一眼看三国”的中国东方第一村——防川村。

一路生态，一路风景，331国道吉林段堪称名副其实的“风景道”，既是生态吉林的最好注脚，也是游客一览吉林生态之美的绝佳线路、尽享吉林生态景致的完美旅途。

**策划编辑：**王　丛
**责任编辑：**陈　冰
**特约编辑：**刘玉萍
**责任印制：**冯冬青
**封面设计：**宝蕾元

---

**图书在版编目（CIP）数据**

吉山吉水：生态吉林 / 盛连喜，王蕾主编. -- 北京：中国旅游出版社，2025. 3. --（吉林旅游文化丛书）.
ISBN 978-7-5032-7455-8

Ⅰ. I267

中国国家版本馆 CIP 数据核字第 20249503NF 号

---

**书　　名：**吉山吉水·生态吉林

---

**作　　者：**盛连喜　王　蕾　主编
**出版发行：**中国旅游出版社
（北京静安东里 6 号　邮编：100028）
https://www.cttp.net.cn　E-mail: cttp@mct.gov.cn
营销中心电话：010-57377103，010-57377106
读者服务部电话：010-57377107
**排　　版：**北京中文天地文化艺术有限公司
**印　　刷：**北京金吉士印刷有限责任公司
**版　　次：**2025 年 3 月第 1 版　2025 年 3 月第 1 次印刷
**开　　本：**720 毫米 ×970 毫米　1/16
**印　　张：**18.5
**字　　数：**300 千
**定　　价：**88.00 元
**I S B N**　978-7-5032-7455-8

---